KB043815

녹아내리기 일보 직전

녹아내리기 일보 직전

달리
듀나
박애진
최영희

문학동네

차례

지퍼 내려갔어

최영희

최영희

제1회 한낙원과학소설상, 2016년 SF어워드 중단편부문 우수상, 제5회 황금드래곤문학상을 수상했다. 장편소설 『구달』 『이끼밭의 가이아』 『유니시티 보안관 디어루』 등을 썼다.

채이가 '청소년 감시단'에 지원한 건 배지 때문이었다. 백금으로 도금된 지름 7센티미터의 별 모양 안에 새끼손톱 크기의 비상호출 버튼이 달린 배지였다. 1년간 감시단 업무를 이행한 단원은 서부 개척 시대 보안관들의 배지를 본뜬 별 모양 배지의 영구 소유권을 가지게 된다. 요컨대 버티면 채이 것이 된다는 뜻이었다.

문제는 채이의 지원서가 지나치게 휑하다는 점이었다. 이름, 반, 번호 말고는 쓸 게 없었다. 특별한 재능이나 수상 경력도 없고 율아처럼 아르바이트 경험이 있지도 않았다. 세끼 밥 먹고 학교 다니고 용돈 생기면 친구들과 복합쇼핑몰 가서 탕진하는 게 지난 삶의 골자였다. 그렇다고 이력사항 표기란을 통째로 비우기 뭣해서 고심 끝에 한 줄을 채워 넣었다.

좌우 시력 1.5 / 1.5

지원서를 교장실 앞 복도에 설치된 접수함에 밀어 넣었다.

"다 했으면 빨랑 가자. 급식 동났겠다."

지퍼 내려갔어

율아가 채이 손을 잡아끌었다. 녀석은 감시단에 지원하지 않았다. 돈 냄새는 안 나고 고난과 역경의 구린내가 감지되는 일에 발을 들일 수 없다는 것이었다. 낙석동 고급 아파트 펜트하우스의 상속자 아니랄까 봐 경제관념이 철저했다. 율아 말로는 펜트하우스의 세대주는 할머니인데, 할머니와 아빠가 남보다 못한 사이라 막판에 할머니가 아빠를 길거리로 내쫓은 다음 손녀인 율아에게 집을 물려주겠다고 유언장을 쓸 가능성이 크다 했다.

"모집 공고문에는 따로 설명이 없던데, 뭘 감시하는지는 알아보고 지원한 거지?"

불은 파스타 면을 돌돌 감으며 율아가 물었다.

"청소년과 관련된 뭔가를 감시하겠지, 뭐."

채이는 양송이를 율아의 식판으로 옮기며 심드렁하게 대꾸했다. 모집 공고문에 따로 표기하지 않았다는 건 업무 내용이 누구나 예측 가능한 일이란 뜻이었다. '주방 아줌마 구함' 공고문을 붙여 놓고 세차나 꽃배달 할 사람을 찾지 않는 것과 마찬가지다. 그리고 청소년 감시에 해당하는 사안들이야 뻔했다. 교내 음주, 흡연, 삥 뜯기, 구타, 절도, 다양한 방식의 토 나오는 애정 행각, 낙서나 SNS를 통한 인신공격 그리고 지금까지 낙석고에서 적발된 사례는 없지만 마약도 염두에 두어야 할 터였다.

"야, 그래도 사람이 자기가 무슨 일을 하는지 정도는 알아보고 지원했어야지."

율아가 양송이에 양파 조각까지 얹어서 채이의 식판으로 옮기며 말했다.

“그런가? 에이, 어차피 뽑히지도 않을 거야. 이름, 반, 번호밖에 안 쓴 애를 누가 뽑냐?”

다음 날, 합격자 명단이 떴다. 1학년 합격자 아무개와 3학년 합격자 아무개, 그리고 2학년 9반 동채이.

믿기지 않는 결과였다. 율아는 채이 부모님과 교장이 학연이나 지연으로 얽혀 있을 가능성을 의심했다. 하지만 채이는 감시단 합격을 둘러싼 내막을 캐고 싶지 않았다. 중요한 건 보안관 배지 영구 소장을 위한 첫 관문을 통과했다는 점이었다. 사실 채이도 자기 안에 이토록 강한 욕망이 있으리라곤 상상도 못 했다. 감시단 모집 영상에서 보안관 배지를 처음 보았을 때, 낙석고의 저화질 모니터를 뚫고 나오는 그 찬란함에 심장이 튀어나올 뻔했다. 그건 채이가 가져야만 하는 훈장이었고, 지리멸렬하던 지난 생을 ‘나도 빛나는 별이었노라!’라는 황금빛 선언으로 갈무리해 줄 연금술사의 돌이었다.

점심시간, 감시단 합격자들은 교장실로 오라는 방송이 나왔다. 교장실에는 황민락 교장밖에 없었다.

“1학년 합격생은 학교 대표로 수학경시대회에 나갔고 3학년 합격생은 국제영어말하기대회 본선에 참가하느라 못 왔다네.”

동채이는 오늘따라 자신이 유독 한가한 사람처럼 느껴졌다. 하지만 감시단 일이 시작되면 눈썹이 휘날리도록 뛰어다니게 될 터였다. 교장은 서류철을 뒤적이다가 한 번씩 채이의 얼굴을 보았다. 딱히 할 일이 없어서 채이도 교장을 보았다. 작고 땅땅한 체구에 반질거리는 대머리, 금테 안경까지, 황민락은 좀비 게임에 등장하는 교장 NPC 같았다.

"역시 제대로 뽑았군!"

교장이 등받이가 높은 의자를 엉덩이 힘으로 밀며 일어섰다. 채이는 눈을 부릅뜨고 교장을 보았다. 좌우 시력이 당락을 갈랐을지도 모른다는 생각에 부러 눈에 힘을 준 것이었다. 그러든 말든 교장은 대뜸 채이의 가문이 훌륭하다 했다.

"가문이요?"

"그래. 자네 어머니와 돌아가신 자네 아버지의 만남으로 성사된 지금의 가문 말일세."

순간 채이네 부모님과 교장이 학연 지연으로 얽혀 있을지도 모른다던 율아의 말이 떠올랐다.

"우리 부모님을 아세요?"

"개인적으로 아는 사이는 아니지만 이 서류가 모든 걸 말해주고 있지."

교장은 검은색 가죽 커버가 씌워진 서류철을 들어 보였다.

"자네 어머니는 자네 외조모와 외조부 사이에서 태어났고, 자네 아버지는 조모와 조부 사이에서 태어났네. 평범한 가정에서 태어난 두 사람이 결합하여 자네를 낳았지. 확인해 보니 자네 외조모, 외조부, 조모, 조부 역시 평범한 가정 출신이더군. 무려 삼대에 걸친, 이 얼마나 아름다운 가문인가."

"네?"

채이는 황민락의 머리가 어떻게 된 게 아닐까 생각했다. 교장의 말은 '오늘은 해가 동쪽에서 떴군, 이 얼마나 아름다운 일출인가.' 하는 것과 다를 바 없었다. 하지만 교장은 부연 설명 없이 다음 용건으로 넘어갔다.

"1학년과 3학년 합격자는 명문대 진학이 유력한 학생들로 감시단 활동에 매진하기가 현실적으로 불가능하다네. 그러니 감시단의 실질적인 중심은 자네일세."

"제가 뭘 하면 되는데요?"

"우린…… 사냥을 할 걸세. 그 역겨운 것들이 돌아다니는 꼴을 참고 볼 수가 있어야지."

시궁쥐를 말하는 모양이었다. 1학년 학생부장 편달수가 길고양이들을 내쫓아 버린 뒤로 낙석고에는 심심찮게 쥐가 출몰했다. 특히 급식 조리실 근처에서 쥐를 보았다는 아이들이 많았는데, 그중에서도 2학년 7반 정인하의 목격담이 유명했다. 이번 학기 배식 봉사를 맡고 있는 정인하에 따르면 한쪽 귀가 찢어진 시궁쥐가 아예 조리실에 상주하고 있으며, 녀석이 가장 좋아하는 식재료는 토마토와 치즈라고 했다. '라따뚜이'라는 이름까지 얻은 시궁쥐는 2주 전쯤 3학년들에게 마지막으로 목격되었는데 얼핏 프레리도그나 뉴트리아로 보일 만큼 몸집이 컸다고 했다.

라따뚜이를 목격한 3학년들 중 일부는 당시의 충격으로 급식실 출입을 거부하고 편의점에서 점심을 사다 먹는 것으로 알려져 있었다. 그런데도 학교 측에서 별다른 조치를 취하지 않아서 학생들 사이에선 라따뚜이가 편달수의 반려동물이라는 웃지 못할 소문마저 돌던 상황이었다. 그 시궁쥐 라따뚜이가 채이 손에 맡겨지려는 모양이었다. 채이는 머릿속이 아득해졌다. 하지만 쥐잡이의 수치는 잠깐이요, 배지는 영원한 법이었다.

"쥐덫 같은 건 학교에서 지원해 주시는 거죠?"

"쥐덫? 우리가 잡아야 하는 건 쥐가 아니네."

'쥐가 아니라면…… 바퀴벌레?' 채이는 헛구역질을 할 뻔했다. 하지만 또 아는가. 바퀴벌레 감시단으로 활동한 이력을 인정받아 나중에 해충박멸전문업체에 특채로 채용될지. 사실 뱀만 아니면 못 잡을 것도 없었다. 어릴 적 캠핑장에서 뱀에 물린 일로 채이는 뱀 트라우마를 가지고 있었다.

가을바람이 제법 쌀쌀하던 밤, 채이는 잠결에 텐트 바닥을 더듬어 엄마 손을 쥐었다. 핸드크림을 많이 발랐는지 엄마의 손이 미끄덩거렸다. 채이는 엄마 손을 놓치지 않으려고 손끝에 힘을 주었고, 그 순간 뭔가가 채이의 손을 물었다. 뱀이었다. 채이의 비명에 잠이 깬 가족들은 뱀의 몸통을 움켜쥔 채이와, 채이의 손을 물고 있는 뱀을 보았다. 채이는 충격으로 졸도했는데 정신을 잃기 전 마지막으로 들은 소리는 오빠 동채윤의 말이었다.

"저거 유혈목이 맞죠?"

유혈목이가 꽃뱀이라 불리는 독사라는 건 채이도 과학그림책에서 보아서 알고 있었다. 그래서 채이는 자신이 죽을 줄 알았다. 다행히 채이를 문 것은 유혈목이가 아니라 독이 없는 누룩뱀이었고, 채이는 인근 병원에서 응급처치를 받고 캠핑장으로 돌아왔다. 하지만 서늘하고 부들부들한 것이 손에서 미끄러지던 감촉을 잊을 수가 없었다. 손 닿는 곳에 뱀이 있었고, 자칫하면 그 뱀이 채이의 삶을 끝장낼 수도 있었다는 사실은 채이의 뇌리에 짙은 공포로 각인되었다. '뱀만 아니면 돼…….' 채이는 손바닥을 바지 자락에 문지르며 바퀴벌레 사냥꾼의 임무를 받아들일 채비를 했다. 하지만 교장은 채이의 운명을 유혈목이와 누룩뱀이 우글거리는 골짜기로 떠밀어 버렸다.

"우린…… 파충류를 사냥할 걸세. 뱀 같은 그 족속 말일세!"

☆

다음 날 아침, 채이는 감시단의 상징인 보안관 배지를 달고 '파충류 감시단 낙석동 지부'로 연수를 가야 했다. 실로 어처구니없었다. 감시단이 지역별 학교별 지부까지 갖춘 땅꾼 단체였다니, 누가 상상이나 했겠는가.

파충류 감시단 낙석동 지부는 낙석사거리에서 다세대촌으로 들어가면 나오는 3층 상가 건물의 지하에 있었다. 사무실 벽면에는 파충류 감시단의 휘장이 걸려 있었다. 붉은 동그라미 안에 초록색 뱀이 구불구불 그려져 있고, 뱀의 몸통을 대각선으로 가로지르는 붉은 선이 덧대어진 휘장이었다. 얼핏 '뱀 출몰 주의' 표지 같은 휘장을 보고 있으려니 채이는 온몸에 소름이 돋았다.

'망할 놈의 뱀……. 왜 뱀 같은 게 지구에 살게 되었을까. 이 세상에 뱀보다 징그럽고 섬뜩한 게 또 있을까.'

"풀밭에 돌아다니는 뱀 따위를 생각하면 오산입니다. 우리가 잡아야 하는 건 간교하고 사악하며 인간을 잡아먹는 뱀 중의 뱀!"

파충류 감시단 낙석동 지부장이 소리를 질렀다. 지부장은 눈을 희번덕거리며 나이가 들쑥날쑥한 연수생들을 둘러보았다. 등에 '해병 전우회 감시단' 글자가 프린트된 옷을 입은 노인들이 "어이! 어이!" 구호를 외치며 손뼉을 쳤다. 이어서 낙석초 녹색어머니회 감시단, 낙석교회 청년회 감시단 등도 차례로 환호를 보탰다. 조기 축구회 감시단원들은 파충류 감시단 휘장과 비슷한 디자인의 머플러를 머리 위로 흔들며 휘파람까지 불어 댔다. 마지막으로 사람들의 눈길이 채이에게 쏠렸다. 그제야 채이는 이 시끌벅적한 함성의 파도타기가 단체별 자기소개라는 걸 깨달았다. 지부장이 콧잔등을 씰룩이며 채이를 쏘아보고 있었다. 채이는 뭐라도 해야 할 것 같아서 냅다 교가의 첫 소절을 불렀다.

"견달천 푸른 물줄기 너른 풀밭에! 낙석인의 맑은 눈!"

그 와중에 낙석고 교가가 생각나지 않아서 3년 전에 음악수행평가로 불렀던 낙석중 교가를 불렀다. 다행히 채이의 노래가 끝나자마자 우레와 같은 박수갈채가 이어졌다.

채이는 청소년 감시단이 막연히 청소년들의 비행을 감시하는 단체일 거라고 넘겨짚었던 자신의 안일함에 욕을 퍼붓고 싶었다. 황민락이 모집한 청소년 감시단은 '뱀'을 찾아내고 사냥하는 땅꾼 단체의 청소년 회원이었으며, 이 괴이한 군중의 일부였다.

채이는 비명을 내지르며 뛰쳐나가고 싶은 걸 간신히 참아 내는 중이었다.

"소개합니다. 우리의 사냥감, 인류의 적, 렙틸리언입니다!"

롤스크린에 렙틸리언의 사진들이 떴다. 번들거리는 초록색 비늘로 뒤덮인 머리통과 두 갈래의 검은 혀……. 연수생들이 탄성을 질렀다.

"잡자! 죽이자!"

"잡자! 죽이자!"

지부장이 선창을 하면 연수생들이 따라서 소리쳤다.

"순혈인류를 보호하자!"

"순혈인류를 보호하자!"

보조 요원들이 『렙틸리언 구분법』이라는 소책자를 나눠 주었다. 이어 부지부장이라는 여자가 마이크를 들었다.

"혹시 질문하실 분 계신가요?"

여자는 마스카라가 묵직한 눈으로 사람들을 보았다. 채이는 행사가 종료되기만 기다리며 잠자코 있었다. 이미 예정된 시간도 훌쩍 초과한 터였다. 하지만 질문을 한답시고 쉬는 시간을 잡아먹는, 눈치 없는 사람들은 어디에나 있는 법이었다. 최소 70년간 눈치 없단 소리를 듣고 살았을 것 같은 노인이 손을 들었다. 보조 요원이 다가가서 노인에게 마이크를 건넸다.

"아, 아! 안녕하십니까. 저는 해병대 전우이자 한국대학교 전자공학과 명예교수 최일민이올시다. 먼저 오늘 행사를 주관하신 지부장님 이하 관계자 분들께 감사의 말씀을 전합니다. 그리고 자랑스러운 내 동기들……."

노인이 연수생들을 둘러보고는 말을 이었다.

"순혈 검증을 거쳐 보안관 배지를 획득한, 동기 여러분께도 반가움과 감사를 전합니다. 그럼 질문을 하도록 하겠습니다. 나눠주신 『렙틸리언 구분법』을 훑어보았소만 놈들을 한눈에 알아볼 확실한 방법은 없는 거요?"

"최일민 형제님, 좋은 질문 감사합니다. 상당한 위험이 따르기 때문에 소책자에 명시하진 않았습니다만, 우리 감시단의 베테랑 사냥꾼들이 쓰는 방법이 하나 있습니다. 바로 머리 가죽을 확인하는 것입니다."

부지부장은 보조 요원에게 마이크를 맡긴 뒤 두 손을 머리카락 밑에 넣고는 두피를 밀어 올렸다 내렸다 했다.

"우리 인간의 두개골과 두피는 일체형입니다. 요래 요래 흔들어 보면 두피가 살짝 밀리고 당겨지긴 해도 거의 두개골에 붙어 있는 상태죠. 하지만 렙틸리언은 인두겁을 쓰고 있기 때문에 머리와 가면 사이가 떠 있습니다. 그래서 흔들어 보면 후드를 쓴 것처럼 슥슥 밀립니다."

채이는 소책자를 옆구리에 끼고 터덜터덜 학교로 향했다. 연수가 끝나면 학교로 복귀하여 급식을 먹고 오후 수업은 정상적으로 참석하기로 돼 있었다. 마음 같아선 발을 구르고 주먹을 허공에 내지르며 한바탕 요란하게 울어 버리고 싶었다. 뱀 대가리들 사진 때문인지, 렙틸리언이 존재한다는 선언에 아무런 이의를 제기하지 않던 군중 때문인지는 알 수 없었다. 확실한 건 이게 다 엄마랑 오빠 때문에 벌어진 일이라는 점이었다. 오빠 놈이 메달이나 트로피를 타 올 때마다 엄마가 치킨을 시켜서는 오빠한테 닭다리를 몰아주며, 차별과 핍박 속에 채이를 키운 탓이었다. 그래서 감시단 모집 공고 영상에서 보안관 배지를 보자마자 채이 안의 묵은 욕망이 폭발했던 것이다. 내가 저것을 가져야겠다! 동채윤 그놈이 모아들인 메달과 트로피 따위는 비교도 안 되는 희귀템, 저 귀한 배지를 반드시 차지하고 말리라! 이런 욕망이 채이를 렙틸리언 음모론자들의 광기 어린 집회에 데려다 놓았다.

학교로 들어서자 본관 2층 테라스 정원에서 누군가 채이를 불렀다. 교장이었다. 황민락은 두 손으로 대머리의 가죽을 흔들어 보이는 시늉을 했다. 렙틸리언 감시단 사냥꾼들끼리 주고받는 인사인 듯했다. 채이는 황민락의 눈길을 피하며 입 모양으로 욕을 뱉었다. 하지만 이내 소책자를 주머니에 꽂고는 두피를 쥐었다. 황민락은 금니를 쨍하니 드러내며 웃고는 정원 안쪽으로 사라졌다. 교장과 비밀 시그널을 주고받는 사이라니, 보안관 배지에 영혼을 판 대가는 참혹했다.

급식실에선 율아가 채이 몫의 급식까지 타 놓고 기다리고 있었다.

“2학년이 급식 다 받지도 못했는데 1학년 놈들이 돈가스를 두 번씩 타 가잖아. 그래서 욕 좀 박아 주고 네 밥도 떠 놨다.”

아닌 게 아니라 채이 몫의 식판에는 돈가스가 수북했다. 하지만 하나같이 살코기와 튀김옷 사이가 조금씩 벌어져 있었다. 머리에 후드를 쓴 것처럼 혹은 뱀 대가리를 인두겁으로 감싼 것처럼.

'윽!' 채이는 저도 모르게 소스라쳤다.

율아는 감시단 업무와 연수에 관한 오만가지 질문을 쏟아 냈다. 하지만 채이는 식은 돈가스만 뒤적거리며 침묵을 고수했다. 렙틸리언, 뱀 대가리, 인두겁 따위의 단어들이 난무하는 세계가 율아에게 알려져서는 안 되었다. 율아만은 그 세계에 발을 담그게 하고 싶지 않았다.

"아, 알았다! 비밀 유지 조항이 있는 거지? 그거 어기면 퇴출되는 거구나."

다행히 율아 스스로 상황을 정리했다.

"야, 그리고 너만 모르는 대박 소식이 있어. 너 연수 간 틈에 전학생이 왔어. 아이돌처럼 생겨서는 이름도 도챈스야. 집도 패션계 쪽 재벌이래. 진짜 중요한 건 지금부터니까 잘 들어. 도챈스, 너네 반이야! 그것도 너 바로 옆자리! 재야, 재!"

율아가 포크 끝으로 건너 건너 테이블의 누군가를 가리켰다. 누군지는 채이도 단박에 알 수 있었다. 낙석고 NPC들 사이에 존재감이 폭발하는 남자아이 하나가 자리하고 있었으니까. 옅은 갈색빛이 도는 머리에 부드러운 턱선, 채이의 인생보다는 확실히 밝아 보이는 안색. 하얀 셔츠에 초록색 니트 조끼를 받쳐 입은 사복 센스도 탁월했다. 채이는 돌연 입맛이 돌아와서 돈가스는 물론 평소라면 쳐다보지도 않았을 양배추 샐러드까지 모조리 먹어 치웠다.

세치실로 달려가서 양치를 두 번 하고 내친김에 세수도 하고 며칠 전부터 세치실 창틀에 올려져 있던 유통기한 지난 립밤도 찍어 바른 뒤 오후 수업에 들어갔다. 율아 말과 달리 전학생은 채이 옆자리가 아니라 대각선 앞자리였다. 축구부 김강현이 예고도 없이 수업에 들어오는 바람에 채이가 한 칸 뒤로 밀린 것이었다.

"너 뭐 하러 왔냐? 축구 안 해? 날도 좋은데!"

채이가 강현이의 등을 건드렸다. 둘은 햇살어린이집, 낙석초, 낙석중을 거쳐 고등학교마저 같은 곳으로 진학한, 그러니까 성장기 내내 서로 못 볼 꼴까지 다 본 사이였다. 햇살어린이집 시절 채이는 종종 바지에 오줌을 쌌는데 그때마다 채이가 오줌 쌌다며 쩌렁쩌렁하게 선생님에게 일러바친 게 강현이였다. 또 낙석초 시절 강현이가 구구단 7단에서 막혀 반년 넘게 실의에 빠져 지낼 때 그 앞을 얼쩡거리며 자기는 14단까지 외운다고 자랑을 늘어놓던 게 채이였다.

"축구 관둘지도 몰라."

"왜?"

"이번 시즌 성적 안 좋다고 머리를 밀라잖아."

강현이는 어릴 적 교통사고로 뒤통수에 길고 구불구불한 흉터가 있었다. 그 부위엔 머리카락이 잘 자라지 않아서 머리를 짧게 자르면 흉터가 도드라졌다.

"그건 좀 선 넘었네. 감독 자기나 빡빡 밀 것이지."

채이는 강현이의 어깨를 두드리며 전학생 바로 옆자리에 대한 미련을 떨쳤다. 따지고 보면 위치 선정이 나쁘지만도 않았다. 강현이의 큰 상체가 선생님의 시선을 가려 주기 때문에 전학생을 관찰하기에 좋았다.

전학생은 확실히 달랐다. 쉬는 시간에 아이들이 화장실도 못 가게 붙들어 두고서 말을 걸어도 웃으며 응대했고, 근처에 앉은 아이들이 수정테이프나 형광펜, 미니커터칼 같은 걸 떨어뜨리면 일일이 주워서는 '자, 여기!' '네 거 맞지?' 따위의 멘트와 함께 건네주는 것이었다. 녀석은 말투, 행동, 외모 어디에서도 억센 구석이라곤 찾아볼 수 없는, 존재 자체가 말랑말랑한 아이였다. 신이 김강현 같은 애들을 만들다가 실수로 뼈대를 빠뜨려서 전학생이 나온 것 같았다. 그래서 전학생을 보고 있으면 트램펄린 위에 드러누운 것처럼 대기가 편안하게 출렁이는 기분이 들었고…… 졸음이 쏟아졌다.

국어 수업 끝나기 10분 전까지 내처 졸던 채이는 땀범벅이 되어 깨어났다. 더 잘 수도 있었는데 고물 에어컨이 작동을 멈춘 것이었다. 짜증스레 손부채질을 하며 고개를 드는데 전학생이 관자놀이와 뒷목 쪽을 쓰다듬는 게 보였다. 얼핏 땀을 닦는 평범한 동작 같았지만 녀석이 손을 움직일 때마다 두피가 위쪽으로 확 밀렸다가 다시 스르륵 제자리로 돌아오는 것이었다. '아니야. 아닐 거야. 잠이나 깨, 동채이!' 다행히 눈을 비비고 다시 보았을 때 전학생의 두피는 멀쩡했다. 채이는 안도의 한숨을 내쉬었다. 세상에 렙틸리언 같은 게 있을 리도 없고 만에 하나 인두겁을 쓴 파충류가 있다고 해도 전학생은 아닐 것이다.

'만에 하나'를 비웃듯 도챈스는 또 두피를 만지작거렸다. 이번에는 정수리 가마가 옆쪽으로 밀렸다가 제자리로 돌아왔다. 채이는 목격자가 또 있을까 하여 주위를 둘레둘레했지만 다들 졸거나 자습 중이었고 선생님은 텀블러를 달그락거리며 얼음물을 마시느라 여념이 없었다. 전학생이 아니라 자기 눈알이 이상한 거라고 마무리하고 싶었으나 도챈스의 두피는 그 후로도 세 차례나 더 비정상적인 움직임을 보였다.

쉬는 시간이 되자 채이는 아이들이 몰려들기 전에 도챈스에게 다가가 귀엣말을 했다.

"두피가 어떻게 그렇게 움직여?"

도챈스는 당혹스러운 눈빛으로 채이를 보다가 속삭였다.

"가발 비슷한 거야. 나 화장실 좀."

그러고는 다급히 교실을 빠져나가는 것이었다. 채이는 도챈스의 뒤를 밟았다. 녀석은 화장실을 그냥 지나쳐 인적이 뜸한 영어도서관 쪽 모퉁이로 사라졌다. 채이는 걸음을 멈추고 심호흡을 한 뒤 모퉁이를 돌아 도서관으로 들어갔다.

도챈스가 뛰고 있었다. 도서관 바닥에서. 통통.

트램펄린에서 뛰는 것처럼 붕붕 솟구치고 앞으로 두 바퀴, 다시 뒤로 두 바퀴 공중제비를 돌았다.

"안녕, 동채이!"

도챈스가 채이 앞에 쪼그려 앉았다가 다시 튀어 올랐다. 채이는 휘둥그레진 눈으로 그 광경을 보고 있다가 제 뺨을 살짝 때렸다. '정신 차려, 동채이. 지금 도챈스는 평범한 사람들은 불가능한 동작을 하고 있는 거라고!' 도서관 바닥은 탄성이라곤 없는 시멘트 바닥이었던 것이다.

"도챈스, 너 뭐야?"

"너무 앉아 있었더니 근육이 뭉쳐서 말이야."

"그걸 묻는 게 아니잖아. 어떻게 맨땅에서 탱탱볼처럼 날아다니냐고!"

"기계체조 비슷한 거야."

도챈스는 공중제비를 돌아 채이 앞에 착지했다. 그러고는 끄트머리에 작은 전구 같은 것이 달린, 삼색볼펜 굵기의 막대기를 채이의 눈앞에 들이밀었다.

"빛이 기억을 지워 줄 거야. 오늘 본 것들을 다 잊게."

번쩍! 눈이 시릴 정도로 밝은 빛이 채이의 얼굴을 덮쳤다. 채이가 눈을 끔벅거리는 사이 도챈스는 교실로 향했다. '뭔 개소리야? 저 이상한 꼬챙이는 또 뭔데?' 채이도 눈을 비비며 교실로 갔다.

마지막 교시…….

이번에도 고물 에어컨이 문제였다. 더위에 지친 아이들이 부채질을 하고 땀을 닦느라 어수선한 틈을 타서 도챈스가 끝이 뾰족한 볼펜을 귓등에 꽂았다. 그러고는 두피 밑으로 끝까지, 통째로 밀어 넣었다.

☆

"안 돼!"

채이가 보안관 배지를 움켜쥐며 소리쳤다. 율아와 마라탕을 먹던 중에 도챈스의 괴이한 두피와 영어도서관에서 목격한 장면들이 떠올랐던 것이다.

"대체 뭔데? 아까부터 못 볼 걸 본 사람처럼 왜 그래?"

사실 급식을 먹을 때만 해도 채이는 율아에게 감시단과 관련된 그 어떤 비밀도 얘기할 생각이 없었다. 율아를 광신적인 음모론과 얽히게 하고 싶지 않았다. 하지만 전학생이 시멘트 바닥에서 공처럼 튀어 오르고, 머리 가죽이 훌렁거리다 못해 그 밑으로 볼펜을 집어넣고도 멀쩡한 걸 본 순간부터 세계관이 붕괴되는 느낌이었다. 인간들 틈에 비인간이 섞여 있을지도 몰랐다. 이를테면 렙틸리언이라거나……. 채이는 혼자 감당하기 벅찬 비밀을 율아에게 털어놓았다.

"그러니까 그 감시단이란 게 외계인을 감시하는 비밀결사단체라는 거네. 거기서 받았다는 책, 나도 봐도 돼?"

둘은 나란히 앉아 『렙틸리언 구분법』을 펼쳤다. 책에는 렙틸리언의 대표적인 특징과 그 예시들이 사진 자료와 함께 대여섯 개씩 실려 있었다.

> 렙틸리언 특징 1: 그들은 부와 권력을 쥐고 있다.
>
> 유명 렙틸리언 대부분이 미국의 정치권과 금융가, 영국과 스웨덴의 왕가 등 유력 가문 출신이다. (……) 리더 격인 일부 렙틸리언들 외에 소시민으로 위장해 살아가는 보통 렙틸리언들도 평균 이상의 경제력을 지닌 것으로 알려져 있다. 일례로 2026년 경기도 고양시에서 생포된 렙틸리언의 사례를 살펴보도록 하자. 당시 28세였던 렙틸리언 정○○은 고양시 삼송지구 소재 고급 와인바에서 오늘 와인과 안줏값은 자기가 다 내겠다며, 바 테이블을 찰박찰박 두드리다가 우리 단원에게 발각되어…….

책자에는 당시 와인바의 실내 풍경 사진과 정○○이 두드렸다던 바 테이블 사진이 있었다. 하지만 정○○이 그 후 어떻게 되었는지에 대한 기록은 없었다. 채이가 책자에서 눈을 떼고 율아에게 물었다.

"아까 전학생네 집이 패션계 쪽 재벌이라 그랬지? 그거 진짜야?"

“도챈스가 전학 오기 며칠 전에 우리 옆옆 반 애가 물 마시러 주민센터 갔다가 우연히 개랑 거기 고위 공무원의 대화를 엿들었대. 의류를 기부하고 싶으니까 기부처를 알아봐 달라고 하더래. 그런데 이 맥락에서 그건 왜 물어?”

율아는 눈을 깜빡이다가 제 입을 틀어막았다.

“설마……. 너 전학생을 의심하는 거야? 유력 가문이라서? 그 보송보송한 도챈스한테 뱀 비늘이 말이 되냐. 맨날 운동장에서 뛰고 구르는 김강현이라면 또 모를까.”

“그냥 물어본 거야. 책이나 마저 보자.”

렙틸리언 특징 2: 그들은 초록색을 좋아한다.

렙틸리언들은 유독 초록색에 집착하는 경향이 있다. 의상, 헤어, 일상 소품, 주거 공간 등 그들 주변에는 초록색이 널려 있다. 실제로 렙틸리언 여성 연예인들은 초록색 계열 드레스를 입고 레드카펫에 등장하는…….

이번에는 채이와 율아가 동시에 입을 틀어막았다. 전학생의 초록색 니트 조끼를 떠올린 것이었다.

“아닐 거야. 그럼 초록색 옷 좋아하는 부자들은 다 렙틸리언이게?”

채이가 고개를 저었다.

그다음 챕터부터는 렙틸리언이 쥐를 즐겨 먹거나 식용으로 사육한다는 점, 흥분하면 무의식중에 혀끝이 둘로 나뉜다는 것 등, 싸구려 잡지에나 나올 법한 이야기들이 나열되어 있었다. 책의 마지막 부분에는 나무위키나 블로그에서 긁어 왔을 것으로 추정되는 장황한 글이 실려 있었다. 긴 글을 싫어하는 율아는 급격히 관심이 휘발된 얼굴로 식은 마라탕을 퍼먹기 시작했다.

"채이 너, 이 책 돈 주고 산 건 아니지?"

다음 날 아침 교장에게 호출이 왔다. 황민락은 등받이가 높은 의자에 앉은 채로 채이를 맞았다.

"그래, 연수를 받고 나니 세상이 좀 달라 보이지 않던가? 원래 세상은 아는 만큼 보이는 법이거든."

교장은 빈 종이를 책상에 올려놓고 말을 이었다.

"의심 가는 사람이 있다면 이름을 적도록 하게. 어차피 1차 명단에 불과하고, 엄격한 기준에 따라 추려질 테니까 부담 가질 필요 없네."

"아직은 눈에 띄는 사람이 없는데요."

"자네, 연수 가서 받은 책자를 다 읽어 보긴 한 겐가?"

"얼추……."

채이는 마지막 부분을 대충 읽은 게 마음에 걸려 말끝을 흐렸다.

"인류의 0.1%가 렙틸리언이라는 보고가 나온 지 50년 만에

인류의 1%가 렙틸리언이라는 새 연구 결과가 나왔네. 그게 벌써 3년 전이야. 우리 학교 학생들도 백에 하나는 렙틸리언이라는 뜻이야. 놈들은 어디에나 있다네. 이대로 가다가는 자네나 자네 양친 같은 순혈인류와 렙틸리언들의 머릿수가 역전되는 날이 올지도 모르네."

"렙틸리언으로 밝혀진 사람은 어떻게 되는데요?"

"처리해야지. 어린놈인 경우, 그러니까 미성년 렙틸리언의 경우는 퇴학이나 격리 수용 등의 조처가 가능하고 성인 렙틸리언의 경우는 직장 해고, 각종 사고를 위장한 살인, 암매장 등 사안에 따라 다양한 방법을 쓰지."

"렙틸리언이 무슨 잘못을 했는데요? 혹시 인간을 공격하나요?"

채이는 렙틸리언이 혀를 널름거리며 달려드는 상상에 저도 모르게 몸서리쳤다.

"렙틸리언은 마땅히 순혈인류에게 돌아가야 할 부와 명예를 가로채고 있다네. 그러니 우리가 막아야지. 필요하면 죽여서라도."

교장은 뭉툭한 검지로 종이를 콕콕 찍었다.

"감시단이라면 날마다 새로운 이름 하나씩은 여기에 적어야 하네."

채이는 연필꽂이에서 볼펜을 꺼내 쥐었다. 무언가 비정상적으로 보이던 녀석의 이름이 뇌리에 맴돌았지만 볼펜을 쥔 손에 힘이 들어가지 않았다. 그러자 교장이 채근했다.

“그냥 써 버리면 되는 걸 뭘 망설이는 겐가. 그자가 자네가 좋아하는 것들, 자네가 마땅히 누려야 할 것들을 다 빼앗아 간다고 상상해 보게.”

그 순간, 두 개밖에 없는 닭다리를 양손에 들고 뜯던 동채윤의 모습에 도챈스의 얼굴이 오버랩되면서 채이는 저도 모르게 입언저리를 씰룩했다. 좋아하는 걸 빼앗긴 자의 상실감과 분노를 누구보다 잘 아는 채이였다. 채이는 볼펜을 꽉 움켜쥐었다.

2학년 9반 도챈스.

전학생의 이름을 남겨 놓고 교장실을 빠져나오는데 황민락이 채이를 다시 불렀다.

“참, 오늘부터 교장실 청소도 자네가 맡는 걸로 하지. 감시단끼리 긴밀한 의사소통이 필요할 테니 말일세. 점심시간마다 최대한 급식을 빨리 먹고 교장실로 오도록 하게.”

☆

개인적인 악감정이 있어서 도챈스의 이름을 넘긴 게 아니었다. 교장의 말을 듣다 보니 순간적으로 도챈스가 미래의 닭다리 약탈자처럼 느껴졌던 것이다. 교실에는 도챈스가 말랑거리는 존재감을 발산하며 앉아 있었다. 오늘 녀석은 초록색 계열 타탄체크 셔츠 차림이었다.

"전학생, 너 옷이 그게 뭐냐? 교복은 아직 못 구했냐?"

채이의 시비조에 도챈스는 잠시 당황한 듯했지만 이내 그 청량한 눈빛을 되찾았다.

"내 옷이 어때서. 그리고 낙석고 복장 자율이잖아. 오늘은 너도 사복이고."

그러자 곳곳에서 동채이를 향한 야유가 쏟아졌다. 채이는 속이 터질 것 같았다. '이 무지몽매한 순혈인류들아, 너희가 뭘 알아!'

김강현이 수업에 안 들어온 탓에 오늘은 선생님의 눈길을 피할 수가 없었다. 채이는 도챈스를 관찰하다가 선생님한테 주의를 받았다. 아무리 전학생이 잘생겼어도 그렇게 노골적으로 쳐다봐서야 쓰겠냐는 것이었다. 채이도 도챈스를 그만 보고 싶었다. 하지만 녀석이 또 제 두피 밑에 볼펜을 쑤셔 넣는 통에 자꾸만 눈길이 갔다. 채이는 녀석에게 쪽지를 보냈다.

머리 가죽 좀 내버려두면 안 돼? 인간은 두피에 볼펜을 쑤셔 넣지 않아.

도챈스는 답이 없다가 쉬는 시간이 되자마자 채이를 세치실로 불러냈다.

"두피 밑에 땀이 차서 그랬어. 볼펜을 넣어 두면 두피가 조금 들떠서 바람이 통하거든. 혼란스럽게 해서 미안해, 동채이. 내가 다 잊게 해 줄게."

말이 끝나기 무섭게 또 도챈스는 이상한 막대기로 채이의 눈에 빛을 쐈다.

점심시간, 채이는 율아를 달고 교장실에 갔다. 원래 두 사람이 하던 교장실 청소를 혼자 맡게 되었다고 툴툴거렸더니 율아가 5회 도움에 맥도날드 베이컨토마토디럭스세트 한 개라는 조건을 걸고 따라붙었다. 율아가 휴지통을 비우고 무선청소기로 바닥을 미는 사이 채이는 물티슈로 책상을 닦았다. 안 그래도 먼지 한 톨 없는 책상을 미래에 쌓일 먼지까지 미리 닦아 내는 기분으로 문지른 다음, 서랍 겉면을 닦기 위해 등받이 의자를 뒤로 뺐다. 순간 힘 조절을 잘못해 의자가 뒤로 확 밀리면서 등받이 안쪽에서 뿌다구니 같은 것이 툭 튀어나왔다. 날카로운 철제 금속이었다. 집어넣어도 보고 구부러뜨리려고도 해 보았으나 꿈쩍도 하지 않았다. 저대로 교장이 의자에 앉는다면 꼬리뼈에 구멍이 뚫릴 터였다.

채이가 동동거리고 있는데 교장실 문밖에서 인기척이 났다.

지퍼 내려갔어

채이는 얼른 의자를 밀어 넣고 책상을 닦는 척했다. 서류를 들고 들어오던 황민락이 율아를 보았다.

"자넨 여기서 뭐 하나? 교장실 청소는 동채이 학생 혼자 하는 걸로 돼 있을 텐데."

"도와주려고요. 채이 혼자 힘들잖아요."

"내 허락 없이는 누구도 교장실에 들어와선 안 되네. 그만 나가게."

교장은 율아의 손에서 무선청소기를 낚아채어 충전기에 도로 꽂았다. 율아는 황당한 얼굴로 채이와 눈을 맞추고는 교장의 뒤통수에 대고 가운뎃손가락을 세워 보였다.

"학기 초엔 열린 교장실 어쩌고 하더니."

율아가 구시렁거리며 교장실을 빠져나갔다.

"교장실 청소는 비밀 회동을 갖기 위한 구실이었네. 그런데 저런 혹을 달고 오다니, 자넨 감시단 일이 장난 같나?"

"아뇨, 전 그냥……."

순간적으로 교장의 기세에 눌린 채이가 대꾸할 말을 찾는 틈에 교장이 말머리를 돌렸다.

"그래, 도챈스는 어땠는지 말해 보게."

"그게…… 이틀 연속 초록색 계열 옷을 입고 등교했습니다. 확실한 건 아니지만 부잣집 애라는 소문도 돌고요."

보고인지 밀고인지 모를 것을 끝내고 교장실을 빠져나왔다.

녀석이 볼펜으로 두피를 들춘다는 이야기는 일러바치지 않았다. 만에 하나 도챈스가 진짜 렙틸리언이라고 해도 그게 녀석을 낙석고에서 제거할 구실이 되는지는 알 수 없었다. 미성년 렙틸리언은 그냥 파충류 부모 밑에서 태어났을 뿐이다.

채이는 생각의 과부하를 견디지 못하고 오후 수업 내내 잠을 잤다. 교장이 철제 뿌다구니에 꼬리뼈를 관통당해 119에 실려 가고, 뱀 대가리에 볼펜을 수십 개 꽂은 렙틸리언이 채이의 이름을 부르며 공중제비를 도는 악몽을 꾸었다.

그날 밤, 채이는 방문을 걸어 잠그고 『렙틸리언 구분법』을 펼쳤다. 마지막 챕터는 렙틸리언이 지구에 정착하게 된 배경에 관한 것이었다. 책에 따르면 렙틸리언은 파멸을 맞은 외계 행성의 생존자들이었다. 그들 중 일부가 귀한 희토류를 싸 들고 선발대 자격으로 지구에 도착했다. 렙틸리언에게 희토류를 받은 인류는 선발대의 정착을 도왔고 2020년대 중반부터는 인류의 동의하에 그야말로 '렙틸리언 대이주'가 시작되었다. 인구 절벽에 도달한 국가들이 희토류도 확보하고 인구수도 늘리고자 난민을 받은 것이다. 초기에는 모든 게 인류의 뜻대로 돌아가는 것 같았다. 렙틸리언들은 각국의 저임금 노동시장으로 몰려가서 인력난을 해소했고, 인구 절벽의 위기에 봉착했던 국가들도 다시 활기를 찾아가는 듯 보였다. 하지만 렙틸리언 난민들은 특유의 근성과 결속력으로 계급 상승을 이루어 냈다. 그 결과 렙틸리언이 부유층에 포진하고 인류가 저임금 노동시장과 극빈층으로 내몰리는 역전현상이 발생했다.

이 사태를 우려한, 뜻있는 순혈인류가 사비를 털어 반렙틸리언 연대를 조직했다. 인류 문명에 무임승차한 외계 난민을 퇴출시키고, 경우에 따라서는 렙틸리언들을 처단하는 단체였다. 반렙틸리언 연대는 렙틸리언 인구 비율이 높은 지역에 '파충류 감시단'이라는 자치 조직을 설치하여 지역별 렙틸리언 머릿수 조절 및 경제력 상승 억제에 나섰다. 책의 마지막 20페이지는 고양시 낙석동에서 생포된 렙틸리언들의 명단과 사진으로 채워져 있었다. 그중에는 몇 해 전에 갑자기 사직서를 내고 사라진 낙석중 체육교사, 낙석동성당에 파견 나왔다가 몇 달 만에 떠나버린 샬트르수도회 수녀 등 채이가 아는 얼굴들도 있었다. 책을 덮은 채이는 휴대전화로 렙틸리언과 순혈인류를 검색하다 잠이 들었다.

다음 날 아침, 채이는 가방을 메다가 도로 소파에 드러누웠다. 최소 하루는 쉬어야 할 것 같았다. 무려 세계관이 붕괴되는 일을 겪고 있는데 멀쩡히 일과를 수행해야 한다는 게 어딘가 억울했다. 중고등학생 시절 동채윤은 잔기침만 나도 결석을 하고 배달음식을 시켜 먹으며 가정학습을 하지 않았던가. 채이는 엄마에게 애가 열이 난다고, 담임한테 문자를 넣어 달라 했다. 하지만 엄마는 재수생 오빠가 새벽에야 잠들었으니 소란 피우지 말고 가라 했다.

"엄마는 고4 아들 고생하는 건 보이고 딸이 괴로워하는 건 안 보여? 내가 요즘 이거 때문에 얼마나 힘든데!"

채이가 보안관 배지를 두드리며 말했다.

"그게 뭔데? 며칠 전부터 남세스럽게 게딱지 같은 걸 달고 다니더니만."

게딱지라는 말이 날아와 채이의 가슴에 꽂혔다. '젠장, 내가 뭘 기대한 거야. 이놈의 집구석보단 파충류 감시단이 나을지도 모르겠어.' 채이는 엄마의 운동화와 동채윤의 슬리퍼를 잘근잘근 밟고는 집을 빠져나왔다.

감시단 생활 4일차.

교장은 나흘간 소득이 없었으니, 배지를 반납하거나 도챈스가 렙틸리언이라는 확실한 증거를 찾으라며 채이를 압박했다. 도챈스가 두피 밑으로 볼펜을 밀어 넣었다는 사실만 보고해도 교장은 만족할 것이다. 하지만 녀석의 기이한 행동들이 도챈스가 파충류라는 증거는 아니었다. 만에 하나 녀석의 두피가 정교한 가발이고, 영어도서관에서 탱탱볼처럼 날아다니던 것도 녀석이 동춘서커스단이나 채이가 모르는 곡예단 출신이기 때문이라면 어쩔 것인가. 그리고 무엇보다 채이의 살갗이 도챈스에게 반응하지 않았다. 채이는 파충류를 떠올리기만 해도 온몸의 솜

털이 곤두섰다. 하지만 도챈스가 눈앞에서 얼쩡거려도 아무렇지 않았다.

종례 직전, 채이는 교장에게 문자를 보냈다. 하교 후에 도챈스를 미행한 뒤 최종 보고를 하겠다는 내용이었다. 교장에게서 답이 왔다.

적극적인 자세 좋습니다. 위급 상황 발생 시 보안관 배지 중앙의 호출 버튼을 누르세요.

재벌가 아들이라던 도챈스는 예상과 달리 마을버스를 타고 이동했다. 코딱지만 한 마을버스 안에서 누굴 미행한다는 건 애초에 불가능했다. 채이와 눈이 마주치자 도챈스가 웃으며 채이 쪽으로 다가왔다.

"안녕, 동채이."

무슨 섬유유연제를 쓰는지 녀석에게선 복숭아, 샤인머스캣, 풋사과 향이 뒤섞여 났다. '제 정체를 알아차린 사람한테 저렇게 태연하게 웃어 준다고? 저 표정도 인두겁의 일부인가?' 채이가 도챈스의 귀에 대고 속삭였다.

"나는 사실 파충류 감시단이야. 초록색에 집착하고 쥐를 잡아먹고 온몸이 비늘로 뒤덮인 파충류 인간을 찾아내는 일을 하지. 이 배지의 노란색 버튼만 누르면 순식간에 감시단이 달려올 거야. 그런데 너 오늘도 진녹색 카고팬츠 입었네?"

녀석의 화를 돋우어서 혀가 두 갈래로 갈라지는 꼴을 보려는 것이었다. 하지만 도챈스는 시무룩해진 얼굴로 보안관 배지를 쳐다보았을 뿐 갈라진 혀 같은 건 보여 주지 않았다.

☆

도챈스는 전철을 두 번 환승하고 다시 마을버스로 갈아타 창고형 가건물 부지에 내렸다. 채이는 만일의 사태를 대비해 5분 간격으로 율아에게 위치를 알리며 미행 아닌 미행을 이어 갔다. 아무리 봐도 민가가 있을 것 같지 않은 동네였지만 도챈스는 익숙한 듯 복잡한 골목을 따라 잘도 나아갔다. 5분쯤 가건물 부지를 파고들던 도챈스는 마침내 초록 외벽의 가건물 앞에서 멈추었다.

"여기야, 우리 집. 궁금하면 들어와도 돼."

채이는 율아에게 도챈스네 집 위치를 전송한 뒤 녀석을 따라 들어갔다.

집이라기보다 세트장 같은 공간이었다. 응접실과 작은 주방이 있는 1층과 위층 침실이 실내 계단으로 연결된 복층 구조였다. 응접실 벽면을 따라 설치된 대형 행어에 초록색 옷들이 빼곡했고, 소파 테이블에는 철제 케이지가 놓여 있었다. 케이지 안에서 쳇바퀴를 돌리는 데 열을 올리고 있는 녀석은 시궁쥐였다. 채이의 손바닥보다 크고 꼬리마저 통통한 녀석이었다. 채이는 서둘러 율아에게 메시지를 보냈다.

미친. 도챈스 식용 쥐 키워.

"좀 쉬고 있어. 난 뭐 좀 먹고 올게. 배고파 죽는 줄 알았거든."

도챈스는 채이에게 자리를 권한 뒤 주방으로 갔다. 등을 지고 있어서 뭘 먹는지는 모르지만 고개를 뒤로 꺾는 걸로 보아 무언가를 통째로 들고 삼키는 것 같았다. 채이는 발소리를 죽이면서 주방으로 갔다. 도챈스의 어깨 너머로 기다란 꼬리 같은 것이 보였다. 녀석이 먹어 치우고 있는 것은 검붉은 꼬리가 달린 무언가였다.

채이가 도챈스의 어깨를 잡아당겼다. 뭔가를 우물거리는 도챈스의 입술 밖으로 쥐 꼬리 같은 게 늘어져 있었다. 진짜 쥐 꼬리는 아니었다. 슈거파우더가 뿌려진 편의점 젤리와 비슷한 물질이었다. 꼬리 모양의 그것은 이내 도챈스의 입속으로 호로록 빨려 들어갔다.

"사레 들릴 뻔했잖아!"

도챈스가 처음으로 화를 냈다. 채이는 기회를 놓치지 않고 녀석을 더 도발했다.

"먹을 때 건드리면 안 되는 건 파충류도 마찬가지인가 봐."

하지만 녀석의 혀는 두 갈래로 나뉘지 않았다.

"또 그런다. 너 진짜 내가 파충류라고 확신하는 거야?"

"가능성은 높다고 봐."

"그럼 왜 파충류 감시단에 보고하지 않는 거지? 감시단 사람들을 여기로 부르기만 하면 간단히 끝날 텐데."

녀석의 입에서 감시단 얘기가 나오자 채이는 『렙틸리언 구분법』 책자에 언급된 '지역별 렙틸리언 머릿수 조절'이라는 문구가 떠올랐다. 그게 낙석동의 렙틸리언을 다른 동네로 내쫓는다는 건지, 어딘가에 있는 보호구역에 몰아넣는다는 건지, 그도 아니면 쥐도 새도 모르게 없애 버린다는 말인지는 알 수 없었다. 채이는 저도 모르게 몸을 떨었다.

"확실한 증거를 못 찾았으니까. 비늘로 뒤덮인 피부도 못 봤고 둘로 나뉜 혓바닥도 못 봤는데 무턱대고 감시단을 부를 순 없잖아."

"그럼 내 진짜 모습을 확인하고 나면 그땐 신고할 거야?"

채이는 대답 대신 도챈스를 빤히 보다가 제 머리를 쥐어뜯었다. 채이가 확인해야 하는 특징들과 도챈스는 뭔가 근원적인 데서 어긋나 있었다.

"이게 다 너 때문이야, 도챈스. 렙틸리언일 가능성이 농후한 주제에 넌 왜…… 귀여운 건데? 머리 밑에 볼펜을 쑤셔 박는데

지퍼 내려갔어

도 무섭지가 않고 그냥 말랑거리고 하찮은 괴생물체 같단 말이야. 차라리 우리 오빠처럼 사람을 기분 나쁘게 쳐다본다거나 닭다리를 혼자 다 먹는다거나, 이기적으로 굴기라도 했으면 나도 이렇게까지 골치 아프진 않았을 거야!"

도챈스는 채이의 눈을 한참이나 들여다보다가 결심한 듯 두 손을 제 얼굴로 가져갔다.

"보여 줄게. 내 진짜 얼굴."

녀석은 오른쪽 관자놀이 뒤편을 더듬더니 뭔가를 아래쪽으로 잡아당겼다. 지이익, 소리와 함께 지퍼가 열렸다. 지퍼가 15센티미터쯤 열리자 도챈스의 귀여운 얼굴이 쭈그렁해졌다. 도챈스는 지퍼 틈새로 손을 집어넣고는 채이가 말릴 틈도 없이 가면을 벗듯 얼굴 가죽을 뒤로 젖혔다.

"아악!"

채이는 두 손으로 얼굴을 가렸다. 렙틸리언의 실물을 확인해야 하지만 아직은 마음의 준비가 되지 않았다. 그런데 손가락 틈새로 반짝거리는 뭔가가 보였다. 채이는 천천히 두 손을 내렸다. 눈앞에 있는 것은 파랗고 반투명하고 빛이 나고 동글동글한…… 젤리였다.

녀석은 렙틸리언이 아니었다. 채이는 도챈스의 몸에서 복숭아, 샤인머스캣, 풋사과 따위 과일향이 풍겼던 이유를 알 것 같았다. 지구에 존재하는 것들 중에 도챈스와 가장 유사한 것은 특정 브랜드의 과일향 곰젤리였다. 하지만 도챈스가 상처받을까봐 차마 그 말은 할 수 없었다.

“나도 우리 종족의 진짜 명칭이나 기원은 몰라. 성인이 되기 전에는 종족의 비밀에 접근할 수 없거든. 편의상 하리보족이라고 부르긴 해.”

하리보를 하리보라 부를 수 없어 답답했는데 도챈스가 먼저 그 이름을 말해 줘서 다행이었다.

“렙틸리언도 아니면서 저 초록색 옷들은 다 뭐야? 하리보족이 시궁쥐는 또 왜 키워?”

“옷은 돌아가신 우리 엄마가 어느 구단에 납품하려고 만든 상품들이야. 그 구단의 상징 컬러가 초록이어서 초록색을 기반으로 수십 가지 디자인을 하신 거지. 그런데 구단 마크를 붙이기 직전에 구단 측에서 일방적으로 제작 업체를 바꿨어. 위약금은 받았지만 이미 만든 옷들은 어떻게 할 수가 없잖아. 많이 팔고 기부했는데도 남아서 쌓아 놓고 나 혼자 입고 있어. 그리고 저 쥐, 식용 아니야. 집 앞 하수구 옆에서 죽어 가고 있는 걸 데려온 거야. 이젠 건강해져서 내보내고 싶은데 녀석이 죽어도 안 나가.”

도챈스는 소파 테이블로 가서 케이지의 문을 열었다. 시궁쥐는 테이블 위를 돌아다녔지만 달아나지는 않았다.

“그럼…… 여기 너 혼자 살아?”

지퍼 내려갔어

"응. 그래도 청소도 잘하고 잘 챙겨 먹으면서 지내. 아까 먹은 건 내 몸에 맞게 설계된 특수 영양제야. 인간의 음식만으론 내 몸을 지탱할 수 없거든."

채이는 도챈스의 젤리 얼굴과 목 뒤로 젖혀져 있는 사람 머리 가죽을 갈마보았다.

"그런데 이렇게 다 보여 줘도 돼? 내가 감시단에 보고하거나 소문 내면 어쩌려고?"

"어차피 기억을 지울 거니까. 넌 내 진짜 얼굴이 어떤지, 왜 초록색 옷이 많은지 다 잊게 될 거야."

도챈스는 카고팬츠 주머니에서 또 이상한 막대기를 꺼냈다.

"대체 그건 뭐냐?"

"뉴럴라이저.* 이 장치로 빛을 쏘면 네가 알게 된 하리보족의 비밀을 모두 잊게 돼. 너한테 난 다시 평범한 전학생 도챈스가 되는 거야."

그러고는 막대기를 채이의 얼굴 앞에 들이밀었다.

"뭐야? 그럼 그동안 진짜 내 기억을 지우려고 그 빛을 쏜 거야? 영어도서관에서 날아다니고도 아무 일 없었던 것처럼 굴었던 게 이것 때문이야? 내 기억이 지워진 줄 알고?"

"뭐? 그걸 어떻게 기억해? 설마……."

도챈스는 막대기를 이리저리 살피더니 제 허벅지에 대고 탁

*영화 <맨 인 블랙>에 나오는 기억 제거 장치.

5 탁 두드렸다.

"아, 미쳐! 언제 고장 난 거야?"

☆

"그럼 내가 통통 튀는 거랑 머리 밑에 볼펜 넣는 거 다 기억하면서도 감시단에 보고 안 한 거야?"

채이는 어깨만 으쓱해 보였다.

"야, 동채이……."

도챈스의 툭툭 불거진 눈알에서 작은 젤리 방울들이 뚝뚝 떨어져 내렸다. 손등으로 젤리 방울들을 털어 낸 도챈스는 주방 찬장에서 뭔가를 꺼내 왔다.

"이거 먹어."

소비기한이 지난 솔싹추출물음료 캔이었다.

"몇 년 전에 '미세먼지는 저리 가라, 솔의눈 게릴라 이벤트' 때 받은 건데 혹시 집에 사람 친구 오면 주려고 아껴 둔 거야. 학교 친구를 집에 초대하는 게 소원이었거든. 낙석고로 전학 온 것도 그래서야. 몇 달 전에 낙석동에 옷을 기부하러 갔다가 우연히 하리보족 형을 봤어. 사람으로 변장하고 있어도 우린 냄새로 서로를 알아보거든. 그날은 낙석고 졸업식이었는데 그 형이 꽃다발을 들고 친구들이랑 웃고 있는 걸 봤어. 부럽더라고. 하리보족이 사람 친구를 사귀는 건 아주 드문 일이니까. 왠지 나도 낙석고로 전학 가면 그 형처럼 지낼 수 있을 것 같았어. 같이 놀러도 가고, 집에도 서로 초대하고 말이야."

채이는 솔싹추출물음료를 마실 생각은 없었지만 그래도 두 손으로 캔을 꼭 쥐었다. 그때였다. 도챈스네 집 출입문이 열리더니 은색 단발머리 여자와 흑발의 땋은 머리 남자가 들어왔다.

"도챈스, 위험하게 인간을 집으로 불러들이다니 제정신이냐?"

단발머리 여자가 싸늘한 얼굴로 물었다.

"위험한 인간 아니고 친구예요."

"친구? 네 어머니가 어떻게 돌아가셨는지 잊었어? 친구라던 구단주 놈한테 배신당하고 나중엔 인간 음주 운전자에게 뺑소니까지 당했지. 인간은 절대 우리의 친구가 될 수 없어."

땋은 머리 남자가 채이를 노려보며 말을 받았다.

"우리 종족을 지켜 온 '하리보 보존법'에 따라 저 아이의 기억을 지워야 한다. 너에 관한 모든 기억을 삭제해야 해."

"알았어요. 지우면 되잖아요. 그러니까 그만 돌아가 주세요."

도챈스가 고장 난 뉴럴라이저를 치켜들며 말했다. 하지만 단발머리 여자가 고개를 저으며 다가왔다.

"우리 종족의 실제 모습을 봤을 경우엔 보통 뉴럴라이저로는 안 된다. 초강력 뉴럴라이저를 써야 해. 이 아이가 한동안 두통에 시달리겠지만 어쩔 수 없다."

단발머리 여자는 채이를 억지로 일으켜 세운 뒤 가래떡 굵기의 뉴럴라이저를 꺼냈다. 채이가 다급히 휴대전화를 만지작거리자 땋은 머리가 채이의 휴대전화를 빼앗아 멀찍이 던져 버렸다. 그 틈에 단발머리가 뉴럴라이저를 채이의 눈앞에 갖다 댔다.

"안 돼요!"

도챈스가 단발머리 여자를 떼밀고 뉴럴라이저를 낚아챘다. 그러고는 한쪽 팔로 채이를 휘감고 순식간에 복층으로 튀어 올랐다. 뒤따라온 땋은 머리 남자가 혀를 차며 바지 주머니에서 가래떡 굵기의 뉴럴라이저를 꺼냈다.

"하리보 보존법에는 종족 처벌 조항도 있다는 걸 명심해라. 인간의 기억을 지우길 거부하는 자는 인간과 함께 기억을 지우도록 돼 있단다. 그래도 상관없단 말이냐."

"엄마가 그랬어요. 이제는 우리도 지구의 일부니까 인간이든 렙틸리언이든 그 누구라도 선 긋지 말고 어울리라고요. 전 그 말 들을 거예요."

보다 못한 채이가 나섰다.

"내 기억만 지우면 된다잖아. 네 기억은 지켜야지. 우리 학교로 전학 오고 싶었다며."

"우리 집에 처음 놀러 온 친구가 날 잊는 게 싫어."

그 순간 땋은 머리 남자의 뉴럴라이저에서 강한 빛이 뿜어져

나왔다. 도챈스도 단발머리에게 빼앗은 뉴럴라이저를 꺼내어 남자에게 빛을 쐈다. 쾅! 빛이 부딪치며 폭발이 일었다. 순식간에 불길이 치솟았다. 땋은 머리가 도챈스와 채이를 겨냥해 다시 뉴럴라이저를 치켜들었지만 불길에 가로막혀 빛이 제대로 전달되지 않았다. 단발머리가 땋은 머리의 팔을 잡아당기며 고개를 저었고, 둘은 도챈스네 집을 빠져나갔다.

"우리도 나가야 돼."

도챈스가 급히 채이를 데리고 1층으로 뛰어 내려갔다. 하지만 거대한 행어가 주저앉으며 아이들의 앞을 가로막았다. 수백 벌의 옷들에 불이 옮겨붙으면서 불길은 더욱 거세졌다.

"감시단을 호출해, 동채이. 그럼 넌 살 수 있어."

"싫어. 감시단을 끌어들이면 네가 위험해져. 순혈인류에 집착하는 사람들이 하리보족은 봐줄 것 같아?"

채이는 탁자로 달려가 시궁쥐를 집어서 도챈스의 주머니에 넣어 주었다.

"일단 2층으로 피하자."

도챈스와 채이는 다시 복층으로 올라갔다. 2층 창문은 단단한 안전창살에 가로막혀 있었다. 열기가 복층으로 올라오자 도챈스가 바닥에 주저앉았다.

"얼른 감시단 호출해. 나는 너 못 도와줘. 몸을 식히지 않으면 뛸 수가 없어. 하리보족은 열에 약해."

"인간은 뭐 열에 강한 줄 아냐."

채이가 의자를 집어 들어 안전창살을 후려치는데 1층 출입문이 열렸다. 공기가 밀려들면서 불길이 순식간에 천장까지 끼쳤다.

"채이야! 괜찮아? 너 어딨어?"

"야, 동채이! 전학생 그 자식이 이런 거야?"

짙은 연기와 불길 너머에서 율아와 강현이가 소리쳤다. 채이가 식용 쥐 얘기 이후로 연락이 없자 율아가 친구 중에 가장 힘이 센 강현이를 데려온 것이었다.

"율아야! 강현아! 우리 2층에 있어."

채이가 소리쳤다.

"내가 갈 테니까 거기 꼼짝 말고 있어!"

강현이가 불길을 뚫고 복층으로 올라왔다. 녀석의 한쪽 뺨이 검게 쪼그라들어 있었다.

"김강현…… 네 얼굴……. 너 괜찮아?"

"아, 이거? 좀 그을렸나 봐."

강현이는 별일 아니라는 듯 두 손을 뒤통수로 가져가더니 뭔가를 잡아서 끄집어 내렸다. 지퍼였다. 지금껏 채이가 구불구불한 흉터로 알고 있었던 것은 강현이의 가면 지퍼였다. 익숙한 강현이의 얼굴이 뒤로 젖혀지자 초록색 비늘로 뒤덮인 얼굴이 나왔다. 황민락이 그토록 찾고 싶어 하던 존재의 얼굴이자 어린이

집 시절부터 알고 지냈던 김강현의 진짜 얼굴이었다.

"이렇게 공개하게 될 줄은 몰랐네. 요란하게 놀라지 않아 줘서 고맙다, 동채이."

채이의 머릿속에 있던 렙틸리언의 모습과 달리 강현이의 얼굴은…… 그리 징그럽지 않았다. 뱀 트라우마가 생긴 뒤로 파충류를 보고도 소름이 돋지 않은 건 처음이었다.

"다친 데는 없어?"

강현이가 채이의 두 팔과 얼굴을 살폈다. 그 순간 채이는 오랜 트라우마의 정체를 깨달았다. 어릴 적 텐트 안에서 누룩뱀에 물렸을 때, 엄마는 채이에게 달려오기 전에 동채윤부터 텐트 밖으로 피신시켰다. 뱀 트라우마의 정체는 바로 그 기억이었다. 파충류가 무서웠던 게 아니라 위급한 상황에서조차 오빠부터 챙기는 엄마와, 그게 당연한 줄 아는 동채윤의 뻔뻔함이 채이를 숨 막히게 했던 것이다. 불길을 뚫고 달려온 강현이가 그 기억을 깨웠다.

"계단 말고 반대쪽 벽을 타고 내려가는 게 좋겠다. 계단 쪽은 연기의 독성이 너무 강해."

강현이는 두 갈래로 뻗은 혀를 널름거리며 공기의 성분을 살핀 뒤 한 팔로 채이를 감쌌다. 그러자 채이가 강현이의 팔을 풀며 소리쳤다.

"도챈스부터! 얘 지금 녹아내리기 일보 직전이야."

강현이는 도챈스와 채이를 차례로 건물 밖으로 끌어냈다. 불길을 뚫고 나온 아이들은 가까운 굴다리 밑으로 갔다. 인두겁이 타 버렸기 때문에 도챈스와 김강현은 밤이 될 때까지 몸을 숨겨야 했다. 굴다리 밑에 자리를 잡자 긴장이 풀리는지 율아가 채이를 끌어안고 통곡했다.

"내가 뭐랬어? 감시단 일 돈 냄새는 안 나고 개고생의 냄새만 난다고 했잖아."

다음 날 아침, 채이는 교장실에 가서 보안관 배지를 반납했다.

"일을 관둔다고? 혹시 늘 붙어 다니는 그 여학생이 관두라 부추긴 겐가?"

"율아요? 율아는 이 일이랑 상관없어요. 그런데 지난번부터 제 친구한테 왜 그러세요?"

"순혈인류인 채이 학생에게 썩 어울리는 친구가 아니라서 말이네."

"무슨 말씀이세요?"

"순혈인류가 아니야. 삼대에 걸친 순혈 검증을 통과할 수 있는 학생이 아니란 뜻이네. 그 학생의 가족 구성이 어떤지 알고는 있나?"

"가족 구성이요? 설마 율아가 아빠만 둘이어서 그러는 거예요? 율아네 아빠들이 율아를 입양해서 키웠다고 순혈인류가 못

된다는 말이에요?"

'이런 미친!' 채이는 하마터면 욕이 튀어나올 뻔했다.

"그만두더라도 도챈스에 대한 보고는 마치고 관두게!"

교장이 보안관 배지를 책상 서랍에 넣으며 말했다. 채이는 교장의 눈을 똑바로 보며 마지막 보고를 시작했다.

"도챈스는 찾고 계신 렙틸리언이 아닙니다. 하늘에 맹세코요!"

그 순간, 교장의 양쪽 눈알에 흑갈색 세로선이 나타나더니 왼쪽 끝에서 오른쪽 끝으로 움직이기 시작했다.

"음…… 거짓말은 아니군."

채이의 말이 사실인지 아닌지 눈에 달린 거짓말탐지 장치로 확인한 것이었다. '맙소사!' 채이는 입을 틀어막았다. 교장은 사람이 아니라 로봇이었다. 인구 절벽 시대에 전문 인력들을 보충하기 위해 만들어진 '역할로봇'이었던 것이다. 그제야 채이는 등받이 의자의 철제 뿌다구니가 뭔지 깨달았다. 그건 로봇 황민락의 충전 장치였다.

"나에 관한 비밀은 지키는 게 좋을 걸세. 나는 교육청에서 직접 제작, 파견한 교장이니까."

"교육청에서는 당신이 민간단체인 파충류 감시단의 일을 학교까지 끌어들인 거 알아요?"

"알다마다. 나는 교육청에서 나를 만든 목적에 부합하는 일이라면 무엇이든 추진할 권한이 있다네."

"대체 당신을 만든 목적이 뭔데요?"

"순혈인류 학생들을 보호하는 것이다."

'그놈의 순혈인류!' 채이는 헛웃음이 났다. 교육청이라는 곳이 어떻게 그따위 목적으로 로봇 교장을 만드는지 이해가 되지 않았다.

"당신이 순혈인류 노래를 해서 나도 검색을 해 봤어요. 그랬더니 연관 검색어로 나치가 가장 먼저 뜨던데요? 어쩐지 무조건 잡아들이고 보려는 게 옛날 나치랑 비슷하더라니."

교실로 돌아오는 길, 채이는 보안관 배지가 있던 자리를 더듬어 보았다. 아쉬움은 없었다. 별 모양 배지는 훈장이 되진 못했지만 렙틸리언과 인간과 하리보족이 뒤섞여 살아가는 곳으로 채이를 데려다주었다.

☆

낙석고등학교 게시판에는 청소년 감시단 추가 모집 공고가 떴다. 별 모양 보안관 배지가 모니터 속에서 번뜩거리며 또 다른 누군가를 꾀고 있었다. 현장 체험 학습을 갔다가 2주 만에 돌아온 도챈스는 검은색 청바지에 분홍색 셔츠 차림이었다. 도챈스는 새집을 구했노라며 채이와 율아, 강현이에게 언제든 놀러 오라고 했다. 김강현은 감독이 삭발령을 내리건 말건 여전히 긴 머리로 그라운드를 누비고 있으며, 펜트하우스 상속자인 율아는 아빠들의 도움으로 '다인류사회 청소년 연대'라는, 돈 냄새는 그다지 나지 않는 단체를 설립했다.

그리고 모의고사 성적표가 나온 날…… 채이네 집으로 치킨이 배달되었다. 이번에도 닭다리는 동채윤의 앞접시에 담겨 있었다.

"오빠 성적 떨어졌다면서 치킨은 왜 시켰어?"

"떨어졌으니까 시켰지. 오빠가 풀 죽어 있으면 넌 좋니?"

순간 채이의 머릿속에서 수백 수천 개의 닭다리가 회오리치기 시작했다. 회오리에 섞여 동채윤과 엄마의 목소리가 들리는 듯했다. '저거 유혈목이 맞죠?' '아들, 얼른 저쪽으로 피해.' 그 소용돌이에 닭다리 두 개가 새로 더해진다고 달라질 것도 없었지만 채이는 이제 그 빌어먹을 회오리를 멈추고 싶었다.

"나는 뱀보다 엄마랑 동채윤이 더 징그러워. 엄마 아들 기분이 나랑 뭔 상관인데? 나도 풀 죽을 때 많아. 엄마가 동채윤한테 닭다리 몰아줄 때마다 나는 풀이 죽다 못해 이 집구석에서 태어난 걸 후회했어. 이럴 거면 율아네 아빠들한테 입양 보내 달라고 그랬잖아!"

"왜 이렇게 시끄러워?"

동채윤이 목에 수건을 걸고 욕실에서 나왔다. 그러더니 자연스럽게 식탁 상석에 앉아서 닭다리를 뜯기 시작했다. 채이는 동채윤의 접시를 부엌 바닥에 패대기쳤다.

"닭다리는 당연히 네 거야? 나도 닭다리 좋아한다고 수십 번 말했잖아. 이 순혈인류 놈아!"

그날 밤, 엄마는 아무도 손대지 않은 치킨 상자를 채이 방에 넣어 주었다. 1인 1치킨 시대를 연 채이는 가끔씩 율아, 도챈스랑 같이 김강현의 축구 경기를 보러 갔다.

어느 날 로봇 교장을 염탐하고 오던 채이는 층계참에 서서 머리를 긁고 있는 1학년 여자아이를 보았다.

"오른쪽 관자놀이, 지퍼 내려갔어."

채이의 귀엣말에 여자아이는 얼른 두피 지퍼를 올리고는 작은 목소리로 답했다.

"고마워요, 언니."

알 카이 로한

박애진

박애진

2022년 『명월비선가』로 SF어워드 장편부문 우수상을 수상했다. 소설집 『우리의 파동이 교차할 때』 『귀여움이 세상을 구원하리라』, 장편소설 『히아킨토스』 『라비헴 폴리스 2049』 등을 썼다.

"네 증조할아버지는 여기서 103만 광년 떨어진 알 카이 로한 행성 출신이란다."

할머니가 협탁 서랍에서 로션을 꺼내며 말했다. 얼핏 안에 파란색 다이어리 같은 게 보였다.

"광년이 뭐야?"

"빛의 속도로 1년을 가야 하는 거리야. 알 카이 로한 행성에서 전쟁이 벌어져서 증조할아버지는 어린 나이에 혼자 지구로 오게 되었지."

"빛의 속도는 뭐야?"

"1초에 지구 일곱 바퀴 반을 도는 속도야. 증조할아버지는 지구인으로 위장해 살다가 증조할머니를 만나서 결혼했지. 그래서 우리 몸에는 알 카이 로한 행성인의 피가 흘러. 나도 어릴 때 태양광 때문에 무던히 고생을 했단다. 너도 지구의 태양광에 적응하는 데 시간이 필요한 거야. 네 엄마는 나보다 나았고, 넌 엄마보다 나을 거야. 피가 많이 희석되었으니까."

할머니는 발갛게 부은 내 얼굴과 팔에 시원한 로션을 발라 주었다. 다정한 손길에 마음까지 편안해졌다.

"피가 희석된다는 게 뭐야?"

아무리 많은 질문을 퍼부어도 할머니는 조금도 성가셔하지 않았다. 언제나 차근차근 대답해 주었다.

"콜라에 얼음을 타면 싱거워지잖아. 얼음을 많이 탈수록 더 싱거워지고. 그 비슷한 거야."

태양광이니 광년이니 백만 단위의 숫자 같은 이해하기 어려운 말들 사이에서 '알 카이 로한'이라는 말은 선명하게 귀에 남았다. 완전히 낯선 발음 때문이었다.

내가 여섯 살 때 일이었다.

점심시간에 밥을 먹으려는데 입술이 따끔했다. 하루 종일 한 마디도 하지 않아 말라붙었던 입술이 벌어지며 찢어진 것이다.

급식실은 소란스러웠다. 아이들은 모두 웃고 떠들며 장난치거나 싸우고 있었다. 뭐가 저렇게들 재밌을까?

문득 늘 모여 다니는 여자애 다섯 명에게 눈이 갔다. 아기자기하게 땋거나 곱게 묶은 머리에 가지런히 머리핀을 꽂은 아이들이었다. 할머니도 내 머리를 정성껏 빗겨 줬지만 작은 머리핀을 촘촘히 꽂아 주지는 못했다. 예쁘장하게 꾸미고 몰려다녀서인지 그 애들은 언제나 시선을 끌었다. 그 애들은 점심을 먹고 나면 운동장 은행나무 그늘 아래에서 수다를 떨었다.

다음 날 나는 점심을 빨리 먹고 은행나무 아래로 가서 준비한 책을 펼쳤다. 손가락이 덜덜 떨려 페이지를 제대로 넘길 수가 없었다. 아이들이 재잘거리며 다가오는 소리가 들렸다. 곧 내게 말을 걸리라고 생각했지만 아무 소리도 들리지 않았다. 고개를 들어 보니 아이들은 다른 데로 가고 있었다.

할머니가 엉엉 우는 내 등을 쓰다듬으며 말했다.

"그 애들은 네가 자기들을 기다리고 있는 줄 몰랐던 거야. 널 이해하지 못한 거지. 우리나라 사람들은 원숭이, 코알라, 바나나 중 둘을 짝지으라고 하면 원숭이와 바나나를 고르고, 미국 사람들은 원숭이와 코알라를 골라. 사고방식이 다르거든. 네겐 알 카이 로한 행성인의 피가 흐르잖니. 그래서 지구인과 사고방식이 다른 거야."

할머니의 입에서 나오는 '알 카이 로한'의 발음은 여전히 독특했다. 영어 수업을 들으며 알 카이 로한이 영어가 아니라는 걸 알게 되었다.

"미국 사람들은 왜 원숭이와 코알라를 골라?"

"미국 사람이잖니."

할머니가 대답했다.

다음 날 영어 시간에 선생님에게 왜 미국 사람들은 원숭이와 코알라를 고르는지 물었다. 선생님은 당황했고 아이들은 모두 웃었다. 수업이 다시 시작된 후에도 아이들은 날 힐끔거리며 킥킥댔다. 주목받는 아이들, 인기 있는 아이들이 부러웠지만 이런 식은 아니었다. 동시에 무언가가 잘못되었다는 느낌이 들었다. 학교가 파한 뒤 할머니한테 가서 따졌다.

"알 카이 로한이라는 거 진짜 있어? 할머니가 나한테 거짓말 친 거 아니야?"

"거짓말 아니야! 네 증조할아버지는 알 카이 로한에서 왔어!"

눈을 부릅뜬 할머니가 고함을 질렀다. 마치 여러 번 거짓말이라는 말을 들어 온 것처럼…….

"할머니……."

할머니가 소리 지르는 모습은 반에서 말도 안 되는 억지를 부리는 아이의 모습과 너무나도 흡사했다. 할머니가 이제껏 날 속여 왔던 것이다. 나는 눈물 콧물 범벅이 되어 집으로 도망쳤다. 열한 살 때 일이었다.

현관문 비밀번호를 눌렀다. 엄마가 그 소리에 현관까지 와서 날 맞았다. 부러 쳐다도 안 보고 스쳐 갔는데도 엄마가 방으로 따라왔다. 방에 따라 들어오는 건 면전에서 일기장을 펼쳐 읽는 것과 같다는 걸 언제쯤 알까?

"오늘 학교에서는 별일 없었니?"

엄마가 여상스러운 질문을 하듯 물었다. 진짜 할 말은 따로 있으면서, 말 돌리긴. 나는 모르는 척하기로 했다.

"영화가 자꾸 눈치를 봐. 세진이가 낀 다음부터 소외될까 봐 걱정하는 것 같아서. 잘해 주려고."

"아이고, 우리 딸 인기 폭발이네. 영화가 24평 집에서 할머니, 할아버지, 고모, 삼촌, 사촌들까지 열일곱 명이 같이 산다는 애지?"

"응."

"24평에서 열일곱 명이 어떻게 사나 몰라……."

이미 몇 번이나 반복된 이야기는 뼈만 남은 갈치 같았다. 더 먹을 게 없듯 더 이어 나갈 이야기도 없었다. 엄마는 겨우 본론으로 들어갔다.

"엄마가 오늘 학교에 전화했는데. 할머니 면회 가야 하니까 야자 빼 달라고."

나는 아무 책이나 펼쳤다. 읽을 생각도 없으면서 책을 펼칠 때면 이상하게 손끝이 저릿해졌다.

"오늘도 안 간 거야? 할머니 안 보고 싶어? 엄마 일하느라 할머니가 너 키워 줬잖아."

"만나면 또 거짓말 들어야 하잖아. 내가 아직도 앤 줄 아나."

할머니는 알 카이 로한이 지어낸 이야기라는 걸 끝까지 인정

하지 않았다. 우는 날 달래기 위해 꾸며 낸 소리라고 했다면 그렇게까지 할머니를 미워하지는 않았을 것이다. 난 할머니 집에 가지 않았고, 할머니가 오면 방문을 소리 나게 닫고 들어가 나오지 않았다. 나는 특별해. 너희와 달라. 그건 날 견디게 해 준 힘이자 날 고립시킨 망상이었다.

내가 할머니를 다시 본 건 병원에서였다. 통통하던 할머니가 못 알아볼 정도로 바짝 여윈 채 누워서 옅은 숨을 쉬고 있었다. 설마 할머니가 죽는 거야? 할머니가 죽는다는 건 상상도 해 본 적이 없었다. 엄마가 병원에 가라고 채근하는 게 할머니와 작별 인사를 하라는 말처럼 들렸다. 무섭고 슬프고 어딘가 안전한 곳으로 도망쳐서 눕고 싶었다. 도망치고 싶어진 순간, 친구들에게 외면받고 돌아와 서럽게 울던 날 안겼던 할머니의 품이 떠올랐다. 다시는 할머니에게 안길 수 없다는 걸, 작별 인사를 해야 한다는 걸 받아들일 수 없었다.

"엄마한테도 그랬어."

엄마가 한숨을 쉬며 말했다.

"뭘?"

"알 카이 로한."

할머니와 똑같은 이국적인 발음이 엄마의 입에서 흘러나왔다. 영어도, 프랑스어도, 독일어도, 일본어도 아닌 말. 어릴 때부터 들어 지금도 정확히 발음할 수 있었다.

"엄마도 어릴 때 햇빛 알레르기가 있었어. 공부도 잘 못했고, 예쁘지도 않았어. 알 카이 로한은 내 문제에 대한 만능 해결책이었지. 알 카이 로한인은 지구의 햇빛에 약하다, 지구인의 학습 체계는 알 카이 로한인에게 어렵다, 심지어 내가 알 카이 로한의 기준으로는 슈퍼 모델이랬어. 엄마도 그 말들을 다 믿었어."

엄마는 내가 여전히 할머니를 미워해서 병원에 가지 않는다고 오해한 것 같았다. 병원 침대에 누워서 힘겹게 숨을 이어 가는 할머니를 본 순간 알 카이 로한은 머릿속에서 까맣게 지워졌는데.

잠시 상념에 잠겼던 엄마가 읊조리듯 말했다.

"어릴 때는 네 할머니, 그러니까 내 엄마를 미워했어. 알 카이 로한 때문은 아니었고……. 열한 살 때였나? 자는데 쿵 소리가 나서 거실로 나가 보니 엄마는 바닥에 주저앉아 있었고, 아빠는 서서 씩씩대고 있었어."

"할아버지가 할머니를 때린 거야?"

엄마는 아랫입술을 살짝 깨물었다가 말을 이었다.

"저녁에 아빠가 꽃이랑 케이크, 마루 인형을 사 왔어. 나한테 '아빠랑 셋이 밥 먹으니 좋지? 앞으로도 이렇게 살고 싶지?' 그러더라. 나야 당연히 그렇다고 했지. 그러니까 엄마가 밥 먹다 말고 방으로 들어갔어. 부모님이 이혼할까 봐 무서웠어. 그런데 내가 할 수 있는 일이 없는 거야."

열한 살……. 나보다 네 살이나 어릴 때였다.

"그러고 한 달인가 지났나? 학교 갔다 오니까 집이 휑한 거야. 아빠가 짐을 빼서 나간 거지."

잘된 일 아닌가? 가정폭력은 점점 심해진다잖아. 하지만 그렇게 말하지는 못했다.

"돌이켜 보니 엄마 눈이 부어 있거나, 어디 아픈 것처럼 보일 때가 있었어. 그런데…… 그냥 모른 척했어. 아니길 바란 거지. 무턱대고 아빠를 데려오라고 떼를 썼어. 아빠가 다시는 안 그럴 거랬는데 용서하지 않는 엄마가 미웠어."

우리 아빠는 내가 네 살 때 죽었다. 막연히 할아버지도 돌아가셨으려니 했다. 그런데 이혼했던 거구나……. 할머니가 이혼했다는 것도 놀라웠지만 엄마가 할머니를 '엄마'라고 지칭하는 것도 이상한 기분이 들었다. 나와 이야기할 때는 늘 '할머니'라고 하던 엄마였다. 할머니도 엄마에게는 엄마라는 사실이 새삼스럽게 느껴졌다. 하지만 엄마의 이야기는 거기서 끝이 아니었다.

"엄마도 어린 나이에 부모님이 이혼해서 힘들었을 텐데……."

"증조할아버지와 증조할머니가 이혼했어?"

"네 증조할머니가 바람피웠대."

"허어얼……."

"엄마가 여덟 살 땐가? 하교하는데 웬 남자가 엄마 앞에 나타나서 그러더래. 내가 네 진짜 아빠다."

〈스타워즈〉야?

"그 남자가 돈을 안 주면 남편한테 바람피운 거 말하겠다고 네 증조할머니를 협박한 거야. 증조할머니는 해볼 테면 해보라고, 이혼당하면 어차피 줄 돈 없다고 세게 나갔고. 증조할아버지가 체구가 큰 편이었대. 그 시대에 190센티미터가 넘었다니까. 남자가 증조할아버지에게 말하자니 맞을까 겁나고, 그냥 물러나기에는 분했는지 어렸던 할머니에게 말해 버린 거야."

"그럼 증조할머니랑 바람피운 남자가 할머니의 친아빠야?"

"글쎄다……. 네 증조할머니는 곧 죽어도 자기는 모르는 남자라고 우겼대. 근데 증조할아버지가 위자료를 일시불로 지불하고 살던 집도 주고 맨몸으로 나갔다더라. 나중에 보니 앨범에서 자기가 찍힌 사진을 싹 다 가져갔더래. 원래도 사진 찍는 거 싫어했다나? 엄청 미남이었는데 사진이 안 남았다며 다들 아까워했다지. 그 뒤로 한 번도 연락한 적 없대."

엄마는 나를 은근하게 바라보았다.

"너에겐 처음부터 할머니였고, 나에게는 엄마였지만, 할머니도 어릴 때가 있었잖아. 초등학교 때 자기 엄마가 바람피운 걸 알게 된 데다 부모님이 이혼했어. 그땐 이혼이 흔할 때도 아니잖니. 심지어 아빠 사진 한 장 없지. 그래서 알 카이 로한이라는 상상 속의 세계를 만들고 거기 들어가 버렸던 거야. 엄마와 딸은 나이가 들수록 친구가 된다는 말이 있어. 너도 나이 들면 내가 그랬듯 할머니를 이해하게 될 거야. 할머니 만나. 진짜 후회해."

엄마는 내 머리를 한번 쓰다듬고 방을 나갔다.

뺨을 타고 눈물이 떨어졌다. 엄마가 저렇게까지 말한다는 건 할머니가 정말로…… 곧 죽는다는 소리였다. 작별 인사는 어떻게 하는 거지? 할머니는 알까? 할머니에게 물을 수 없는 질문이 생겼다.

◇◇◇

할머니의 병실 번호를 확인하고 안으로 들어갔다. 바짝 야위었던 할머니가 수액을 맞느라 물풍선처럼 부풀어 있었다. 나는 살그머니 할머니의 손을 잡았다. 세게 잡았다가는 터질까 무서웠다.

"우리 정윤이, 학교 잘 다녀왔어?"

내 손길에 잠에서 깬 할머니가 어제 만났던 사람처럼 인사했다. 할머니와 편안하게 대화하는 걸 내가 얼마나 그리워했는지 깨달았다.

"할머니……."

나는 검지로 눈물을 훔쳤다. 진작 자주 왔어야 했다.

할머니는 날 그윽하게 바라보았다.

"언젠가 네 증조할아버지를 만나면, 할머니는 평안하게 잘 갔다고 말해 줘."

눈물이 뚝 그쳤다. 지금이 알 카이 로한 이야기를 할 때야?

"응, 꼭 전할게."

그렇지만 나는 따지지 않고 그러마 약속했다. 할머니에게도 외롭고 서러웠던, 알 카이 로한에 기대서 견뎌 낸 나날이 있었던 것이다.

할머니의 입가에 수수께끼 같은 표정이 떠올랐다. 어른들의 '너도 곧 알게 될 거야' 하는 눈빛과 만우절을 준비하는 어린 아이의 설렘이 섞여 있는 얼굴이었다.

할머니는 며칠 뒤 돌아가셨다. 중학교 2학년 겨울방학이었다.

엄마와 함께 할머니 집을 정리했다. 자주 오가서 피차 살림살이는 뻔히 아는데도 엄마는 부엌 찬장이며 서랍을 꼼꼼하게 뒤졌다. 뭐든 할머니를 기억할 만한 물건을 찾고 있는 것 같았다. 하지만 엄마가 버리는 옷을 가져다 입고, 결혼하며 산 냄비를 그대로 써 온 할머니의 세간은 초라했다.

"어?"

안방에 있는 옷장에서 엄마가 하늘색 투피스를 꺼냈다. 처음

보는 옷인 데다 값비싼 브랜드였다.

"언제 이런 걸 샀을까?"

엄마가 옷을 쓰다듬었다. 할머니도 좋은 옷을 입고 싶었을 텐데, 한 번 사 줘 본 적 없다는 자책이 담긴 몸짓이었다. 눈물이 날 것 같아 안방을 나와 작은방으로 갔다. 할머니가 로션을 꺼내던 오래된 협탁이 보였다. 무심코 서랍을 열자 빛바랜 파란색 다이어리가 나왔다. 어릴 때 스치듯 본 물건이었다. 엄마가 방으로 오는 소리에 다이어리를 품에 감췄다. 아무리 할머니가 돌아가셨다지만 다이어리는 가장 사적인 물건 아닌가…….

저녁쯤 집에 돌아와 방문을 잠그고 다이어리를 꺼냈다. 심장이 콩닥콩닥 뛰었다. 심호흡을 하고 펼쳐 보았다. 잡지에서 오린 우주와 별 사진 등이 붙어 있었다. 그중 별 하나에 동그라미를 치고 '알 카이 로한. 지구에서 103만 광년' 따위의 글자를 써 놓기도 했다.

이게 뭐지? 무슨 설정집 같은 건가?

좌르륵 넘기는데 폴라로이드 사진 한 장이 떨어졌다. 낮에 옷장에서 본 투피스 차림의 할머니가 웬 남자의 팔짱을 끼고 있었다. 고급스러운 옷차림을 한 모습보다 더 낯선 건 할머니의 얼굴이었다. 꼭 동경하던 연예인을 만난 소녀처럼 상기되어 있었다. 처음 보는 표정이었다.

이 사람이 누군데?

할머니 키는 155센티미터 정도였다. 그걸 감안해 어림잡아 보면 남자는 190센티미터는 넘어 보였고 영화배우나 가수라고 해도 믿을 만큼 잘생겼다. 사진으로는 확실하지 않지만 삼십 대 초반 정도로 보였다.

뚝, 눈물방울이 사진으로 떨어졌다. 나는 황급히 소매로 사진을 닦았다. 할머니가 보고 싶었다. 할머니 집에 자주 가지 않은 게, 화를 낸 게 미치도록 후회되는데 만회할 방법이 없었다. 알 카이 로한, 그까짓 게 뭐라고, 그냥 믿는다고 해 줄걸…….

중학교 2학년 겨울방학은 후회와 외로움으로 점철되어 지나갔다.

◇◇◇

엄마가 퇴근길에 사 온 쥐포와 맥주를 식탁 위에 올렸다.

"친구들이랑은 잘 지내고?"

"영화가 오늘 나한테 핀 선물했어."

나는 엄마에게 머리핀을 보여 주었다.

거짓말도 하다 보면 느는 걸까. 아니면 이것도 집안 내력인가. 확실한 건 사실이 섞여야 그럴싸하다는 거다. 영화와 다니는 건 둘 다 밥을 같이 먹을 사람이 필요했기 때문이다. 그러다 영화가 역시 은따 처지인 세진이를 끼웠다. 3학년이 된 뒤 반은 갈라졌지만 우린 여전히 쉬는 시간이면 서로의 반에 찾아가며 붙어 다녔다. 피차 대안이 없었다.

하굣길에 영화와 나, 세진이는 서로에게 머리핀을 하나씩 사 주었다. 각기 자기 거 산 거랑 다를 바가 없는데도 영화는 가족들에게 자랑할 거라며 마냥 좋아했다.

나는 쥐포를 집으며 은근슬쩍 의자에 엉덩이를 붙였다. 할머니의 다이어리를 훔쳐본 죄책감에 참아 왔는데 더는 솟아오르는 궁금증을 견딜 수가 없었다.

"알 카이 로한인지 뭔지에 대해서 더 아는 거 없어? 어릴 때야 나도 할머니 말을 믿었지만 자라서는 아닌 거 알았잖아. 상상 속 세계에 계속 빠져 있기에 할머니는 치매도 없었고. 그런데 알 카이 로한은 끝까지 사실이라고 우겼어. 그리고…… 막연히 우겼다기에는 뭔가 디테일들이…… 있었던 것 같아서……."

엄마는 다이어리에 대해 모르는데도 도둑이 제 발 저린 양, 나는 쥐포에 마요네즈를 찍는 핑계로 고개를 숙여 표정을 감췄다.

"그러게, 이상한 점들이 있기는 해. 이를테면 할머니가 그 비싼 옷을 어떻게 샀을까?"

"할머니 돈으로 샀겠지."

할머니는 용돈에 후했다. 엄마는 돈 없다고, 나중에 네가 돈

벌어서 사라던 스마트폰을 사 준 것도 할머니였다.

"그러니까. 난 혼자서 너 키우느라 정말 힘들었거든. 근데 할머니도 혼자였으면서 돈이 없다는 이야기를 한 적이 없어. 이 집도 할머니가 해 준 거잖아."

우린 방 두 개인 16평형 아파트에 살았다. 오래되고 좁았지만 엄마 명의로 된 자가였다.

"소풍 가기 전날이면 할머니랑 슈퍼에 갔어. 1년에 한 번, 이빨 썩으니 조금만 먹으라는 잔소리를 듣지 않고 마음껏 과자를 살 수 있는 날이었지. 내 짝꿍은 자기 엄마가 과자를 천 원 안에서만 고르라고 했다며, 천오백 원짜리 ABC 초콜릿을 가져온 날 부러워했어. 그냥 그런가 보다 했지. 애들은 부모가 돈을 얼마나 버는지 모르잖니."

엄마는 쥐포를 입에 넣었다.

"네 아빠 죽고 그다음 해에 수도관이 터져서 공사하느라 모텔에서 지내야 했어. 공사비에 모텔비까지 감당하려니 정신이 아득했는데 할머니가 도와줬어. 전에는 막연히 할머니가 간병 일하면서 모아 둔 돈이라고 생각했는데, 그땐 뭔가 이상한 거야. 관절염으로 일 그만둔 지 꽤 됐는데 어디서 이런 돈이 계속 나오지? 그래서 할머니한테 물어보니까 묘하게 어린아이처럼 개구지게 웃으면서 그러더라. '사람에게는 비밀이 하나쯤 있어야 하는 거야.'"

엄마는 어깨를 으쓱했다.

“사는 게 바빠서 잊고 지냈어. 그런데…….”

번뜩 생각난 듯 방에 들어간 엄마가 할머니의 종이 통장을 가져왔다. 나는 통장을 훑었다. 매달 1일이면 할머니에게 삼백만 원이 입금되어 있었다. 입금자 이름은 ‘알’이었다.

“알? 알이 뭐지?”

“엄마도 모르겠다.”

매달 꼬박꼬박 들어오던 돈은 지난겨울 할머니가 돌아가신 뒤 끊겨 있었다. 통장 사이에서 사진이 한 장 떨어졌다. 엄마는 그 순간을 고대하고 있었던 듯 반짝이는 눈으로 날 바라보았다. 나는 기시감을 느끼며 사진을 확인했다. 흑백사진 속에서 일곱 살 남짓한 여자아이가 은행나무처럼 큰 남자의 손을 잡고 서 있었다. 할머니의 다이어리 속 사진에 찍혀 있던 바로 그 남자였다.

“이 여자애는 누구야?”

“누구긴, 할머니지.”

“말도 안 돼! 이게 어떻게 할머니야?”

“할머니는 어릴 때가 없었는 줄 아니? 뒤에 봐 봐.”

사진 뒤에 어린아이의 서툰 글씨로 ‘미채 일곱 살, 아빠와’라고 쓰여 있었다. 마지막으로 할머니를 만난 날, 당시에는 너무나도 황당하게 느껴졌던 말이 떠올랐다.

'언젠가 증조할아버지를 만나면, 할머니는 평안하게 잘 갔다고 말해 줘.'

손발 끝이 쥐가 나는 것처럼 간질간질해졌다.

"이 사람이 내 증조할아버지란 말이야?"

엄마는 사진을 새삼스레 바라보았다.

"할머니의 아빠면 그렇겠지? 되게 잘생겼지? 이 사진 하나만 어떻게 남아서 할머니가 간직했었나 봐."

흑백사진 속 남자가 입은 양복과 할머니의 옷, 반듯하게 서서 카메라를 응시하는 자세까지 다 옛날 스타일이었다. 하지만 남자의 얼굴은 다이어리에 있던 사진 속 남자와 똑같이 삼십 대 초반으로 보였다.

"알 카이 로한……."

나도 모르게 중얼거린 말에 엄마가 하하 웃었다.

"그래, 외계인이라고 해도 믿을 정도로 잘생기긴 했지. 코도 크고 안와가 깊어서 그런지 이국적인 느낌도 들고……."

"증조할아버지가 할머니에게 돈을 보냈던 걸까?"

"살아 있으면 백 살이 넘었을 텐데……."

엄마가 반신반의하며 말했다. 백 살이 넘은 사람이 없는 건 아니지만 그래도 설마, 하는 얼굴이었다.

"이 사진 나 가져도 돼?"

"그러렴."

나는 사진을 가지고 방으로 들어왔다. 그리고 할머니의 다이어리 속 사진을 꺼내 나란히 놓았다. 나이 든 건 할머니뿐이었다. 남자는 옷차림과 자세가 다르지 않았다면 합성이라고 해도 믿을 만큼 똑같은 얼굴이었다. 아무리 생각해도 이 두 사진을 설명할 방법이 없었다. 그 일은 그렇게 미제사건으로 남는 듯했다.

내가 홍대에서 증조할아버지를 마주치기 전까지는 말이다.

◇◇◇

토요일에 영화, 세진이와 홍대로 놀러 갔다. 코인노래방에서 노래를 부르고 스티커 사진도 찍었다. 영화는 우리 스티커 사진을 매장 벽에 붙이자고 했다. 나는 나중에 진짜 친구들을 사귀면 또 올 텐데 영화, 세진이와 찍은 사진을 붙여 놓기 싫어서 사진 아까우니 그러지 말자고 했다.

사진을 나눠 갖고 나와서 상수역 근처 마라탕집에 갔다. 마라탕집은 처음이었다. 나는 셀프바에서 우물쭈물 눈치를 살폈다. 통통한 편인 영화는 청경채, 숙주, 버섯을 집었고, 마른 세진이는 어묵, 문어볼, 떡, 소시지 종류를 담았다. 나는 고민하다 넓적당면과 분모자를 담았다. 다음에 진짜 친구들과 오면 자신 있게 집어야지.

마라탕이 나오자 영화는 환호성을 지르며 사진을 찍었다.

"이게 나아, 이게 나아?"

영화가 각도만 조금씩 다른 사진을 보여 주었다.

"오, 잘 찍었네. 음, 나는…… 앞에 게 더 먹음직스러워 보여."

세진이가 진지하게 사진을 비교하며 말했다.

"너는?"

"뒤에 거."

나는 흘낏 보고 대충 대답했다.

"야, 김정윤, 너 도대체 왜 그래?"

세진이가 날카롭게 말했다.

"내가 뭘?"

"내내 억지로 끌려 나온 사람처럼 뚱하게 굴잖아. 나 때문에 그래?"

그간 벼르던 말이라도 하는 듯한 태도였다. 내가 뭐라고 반응할 새도 없이 세진이가 빠르게 뒷말을 이었다.

"나 때문인 거지? 그래, 맞아. 다른 애들이 나에 대해 떠드는 말, 그거 다 사실이야."

세진이가 날 도발적으로 쏘아보았다. 이게 무슨 상황인가 싶었다.

"뭔 소리야?"

"그만 갈게."

일어서는 세진이의 손을 영화가 다급하게 잡았다.

“가지 마. 정윤이 그런 거 신경 안 써. 그치, 정윤아?”

“뭘?”

“나 레즈 맞다고!”

세진이가 큰소리쳤다.

“어쩌라고?”

나도 맞받아 소리쳤다.

“너 내가 레즈라서 싫은 거잖아. 같이 다니면서 네가 웃는 걸 본 적이 없어!”

“아니라니까? 전에도 말했잖아. 정윤이가 원래 표정이 좀 딱딱한 거지, 너 때문이 아니라고.”

영화의 말에 난데없이 찬물 세례를 받은 양 정신이 얼얼해졌다.

“……너네 나 빼고 둘이 만났어?”

“그게 아니고…… 세진이가, 네가 자기 싫어하니까 따로 다니겠다고 해서, 내가 그러지 말라고 했던 거야.”

영화가 다급히 우리 사이를 중재했다.

“내가…… 레즈라서 싫어한 거 아니었어?”

세진이가 마라탕만큼 벌겋게 달아오른 얼굴로 물었다.

“아니거든?”

난 그냥 은따들이랑 다니는 게 싫었던 거야! 차마 그 말은 하지 못했다.

"세진이 여자친구 사진 볼래?"

영화가 분위기를 돌리려는 듯 말했다.

"나만 안 보여 줬어?"

"그, 그게……."

영화가 또 무언가 설명하려 했다. 나는 자리를 박차고 나왔다.

세진이 소문은 나도 알고 있었다. 내 귀에까지 들려왔을 정도니 전교생이 다 안다고 봐야 했다. 세진이와 다니기 시작한 뒤 반장이 내게 세진이가 진짜 레즈인지 물었다. 반장이 말을 걸었다는 사실에 좋다 만 나는 궁금하면 직접 물어보라고 내쏘았다.

영화는 눈치가 없는 건지 말귀를 못 알아듣는 건지 의사소통이 잘 안 되고, 한두 마디만 말을 섞어도 단짝 친구처럼 굴며 모든 걸 공유하고 싶어 해서 다들 피했다.

조별 수행평가에서 세진이나 영화와 한 조가 된 애들은 노골적으로 인상을 썼다. 나에게는 그러지 않았다. 그냥 존재하지 않는 사람처럼 무시했다. 왜? 도대체 왜 나한테는 말을 안 걸어? 나도 여기 있다고!

심지어 나는 은따 무리에서도 은따였다.

정신없이 걷다 보니 긴 나무판에 조명을 박아 놓은 공원 입구가 나타났다. 나는 충동적으로 공원 안으로 들어갔다. 사방에 강렬한 원색의 철쭉이 피어 있었다. 철쭉은 꽃잎이 크고 날카로운 데다 무리 지어 폈다. 심지어 무채색인 흰색마저 웨딩드

레스처럼 야단스러웠다. 화려한 꽃들이 산책로를 둘러싸고 있는 걸 보니 아침에 왁자지껄한 교실에 들어섰을 때와 비슷한 기분이 들었다. 반 아이들 누구와도 인사를 나누지 못하고 곧장 내 자리로 갈 때 느껴지는 초라함이었다. 그게 싫어서 학교에 일찍 갔다.

꽃일 뿐이야.

나는 산책로에 발을 디뎠다. 야트막한 언덕을 오르자 멀리 한강 너머로 꼿꼿하게 서 있는 빌딩들이 보였다. 나는 벤치에 앉았다. 전화벨이 울렸다. 영화였다. 받지 않았다. 카톡이 왔다. 대화창에 들어가지 않고 카톡 화면에서 일부만 보이는 메시지를 읽었다. 미안하다는 사과였다. 세진이와 영화가 나 때문에 안달복달하는 걸 상상하자 기분이 조금 풀렸다. 그렇다고 바로 사과를 받아 주기는 싫었다.

나는 휴대전화를 끄고 가방 안에 넣었다. 멍하니 앉아 있는데 언덕 아래에서 커다란 캐리어를 든 아저씨가 길에 작대기를 꽂는 모습이 보였다. 여기 관리자인가?

조금씩 어두워지기 시작했다. 집에 가야 할 것 같았다. 일어나기 전 휴대전화를 켰다. 전화는 영화가 두 번 건 게 전부였고, 카톡 메시지는 일곱 개에서 멈춰 있었다. 전화 수십 통, 메시지 수백 개를 기대했던 나는 맥이 탁 풀렸다.

어느새 나무들은 회검정색으로 뭉쳤고, 건물에서 밝힌 조명이 나뭇가지 틈에서 빛났다. 나는 어둠이었고 다른 아이들은 내가 닿을 수 없는 곳에서 반짝이는 빛이었다. 세상은 어째서 어디서든 날 초라하게 만드는 거지? 목에서 뜨거운 물이 역류하는 것 같았다.

나만이 아니라 영화나 세진이도 은따를 당할 이유가 없다는 것쯤은 알고 있었다. 은따다 보니 이래서인가, 저래서인가 이유를 생각하게 될 뿐이었다.

몰려다니는 애들도 무리 중 자리에 없는 애는 흉을 봤다. 자기 말만 한다, 자주 삐쳐서 피곤하다, 등등이었다. 서로 모든 면에서 다 잘 맞아서 붙어 다니는 게 아니었다. 그런데 나는 왜 안 끼워 줘?

질문은 도돌이표처럼 반복될 뿐, 해답으로 나아가지 못했다. 내가 뭘 잘못해서 생긴 일이 아님을 안다고 해서 비참한 기분이 가시는 건 아니었다.

벤치 뒤쪽에서 이상한 소리가 들렸다. 무심코 돌아보자 키 작은 두 남자가 양복을 입은 남자를 붙들고 올라오고 있었다. 작은 남자 한 명은 청바지에 청재킷을, 다른 한 명은 블랙진에 블랙재킷을 입고 있었다.

도대체 저게 언제 적 패션이야?

청재킷과 블랙진이 양복 남자를 무릎 꿇린 후에야 뭔가 심각한 상황일지도 모른다는 생각이 들었다.

"너 송준형이잖아."

청재킷이 말했다.

"제 이름이 송준형은 맞는데요, 대한민국에 송준형이라는 이름이 저 하나가 아닙니다."

양복 남자가 우는소리를 했다.

"대한민국이 어디야?"

"지금 있는 여기죠."

뭐라는 거야? 양복 남자가 위협받는 상황처럼 보이는데 주고받는 대화가 이상했다.

"여긴 지구잖아."

"네, 네, 지구 맞습니다. 지구에서 송준형은 흔한 이름이에요."

갈수록 가관이었다. 대한민국 다음에는 서울, 서울 다음에는 상수, 뭐 이렇게 가야 하는 거 아냐? 왜 대한민국 다음이 지구야?

"그런가?"

블랙진이 긴가민가했다.

"너 변호사잖아."

청재킷이 빠르게 말했다.

"대한민국, 아, 아니 지구에 변호사는 수두룩합니다. 그 많은 변호사 중 송준형이라는 이름의 변호사가 또 있을 수 있죠! 저는 두 분이 누군지도 모르고 뭘 잘못한 적도 없어요!"

남자의 목소리에 울음기가 섞였다.

"변호사가 많다고?"

블랙진의 기세가 누그러졌다.

청재킷은 쉽게 속지 않겠다는 듯 양복 남자의 몸을 뒤져 지갑을 꺼냈다.

"법무법인 슈뢰딘어, 대표 송준형, 너 맞고만 어디서 수작질이야?"

"두 분이 찾는 사람이 법무법인 슈뢰딘어 대표 송준형인가요? 법무법인 슈뢰딘허나 법무법인 대부 송준형이 아니고요? 아이고, 선생님들, 진짜 사람 잘못 보셨어요."

양복 남자를 잡은 두 사람은 아무래도 제정신이 아닌 것 같았다. 신고해야 하나? 신고해야겠지? 그런데 휴대전화 불빛 때문에 들키면? 저런 이상한 사람들이 신고하는 사람을 가만히 놔두겠어? 살금살금 도망가서 신고할까? 괜히 움직였다 발각되면? 사람 잘못 본 거라서 무사히 풀려나면 좋을 텐데…….

"우리가 찾는 게 정확히 누구라고?"

양복 남자의 말이 그럴싸했는지 블랙진이 청재킷에게 물었다.

"확인해 보면 알겠지."

청재킷이 양복 남자를 질질 끌고 가로등 아래로 갔다. 블랙진이 손목시계를 건드리자 빛나는 머리가 튀어나왔다. 비명이 나올 뻔한 걸 손바닥으로 입을 눌러 간신히 막았다. 블랙진과 청재킷은 내게는 뒤통수만 보이는 빛나는 머리의 얼굴과 양복 남자를 번갈아 보았다. ……저 머리, 설마 홀로그램인가?

"너 맞잖아!"

청재킷이 의기양양하게 소리쳤다.

"아니라니까요! 저게 어딜 봐서 저예요? 선생님들이 한국인, 아니 지구인에 대해서 잘 모르시나 본데요. 잘 모르면 그 얼굴이 그 얼굴로 보여요."

지구인? 왜 지구인이라고 하지? 아까 대한민국 다음에 지구가 나온 것도 그렇고…… 설마 저 사람들…… 외계인이야?

알 카이 로한, 지구에서 103만 광년…… 할머니가 귀에 못이 박히도록 했던 말이 머리를 스쳤다.

"음…… 코가 좀 작은가?"

양복 남자의 얼굴과 홀로그램 머리를 번갈아 보며 블랙진이 혼란스러운 기색을 보였다.

"어떡하지?"

"어디서 떠들고 다니면 곤란하니 죽일까?"

"아이고, 선생님들, 저도 목숨 귀한 줄 아는데 어디서 무슨 말을 떠들겠어요. 제발 살려만 주세요."

양복 남자가 무릎을 꿇고 싹싹 빌었다.

"흠…… 죽이면 시체 치우기도 귀찮고."

이빨까지 딱딱 부딪칠 정도로 온몸이 와들와들 떨렸다. 죽여? 시체를 치우는 게 귀찮아? 내가 지금 무슨 소리를 듣고 있는 거지?

"선생님들, 지금 송준형이라는 사람 찾는 거죠? 자기 이름과 같은 사람이 시체로 발견된 걸 보면 도망쳐서 꼭꼭 숨을 겁니다. 저 같으면 그럴 거예요!"

"그럴 수 있지."

"영리한 자니까."

블랙진과 청재킷이 번갈아 말했다.

"그렇다니까요? 누가 자기 죽이려고 찾아다니는데 바보라도 숨죠!"

"그럼…… 풀어 줄까?"

블랙진이 말했다. 청재킷은 뭔가 찜찜한지 선뜻 대답하지 않고 홀로그램만 뚫어지게 쳐다보았다. 그러다 무언가 떠오른 듯 큰 소리로 물었다.

"너 키 몇이야?"

"198센티미터요."

"송준형은 194센티미턴데?"

블랙진이 말했다.

"보세요, 4센티미터나 차이 나잖아요!"

"일어서, 재 보게."

청재킷이 말했다.

양복 남자는 기린이 고개를 들듯 일어섰다. 두 남자보다 머리 하나 이상 큰 데다 가로등 아래여서 얼굴이 또렷하게 보였다. 눈이 깊고, 코가 오뚝하고 턱이 각지고 입술이 두툼한, 서양 사람처럼 입체적으로 잘생긴 얼굴이었다.

나도 모르게 입에서 말이 툭 튀어 나갔다.

"알 카이 로한."

양복 남자는 사진 속에서 할머니와 함께 서 있던 바로 그 남자였다.

세 남자가 동시에 날 쳐다보았다. 양복 남자의 표정에 낭패감과 당혹감이 서렸다.

"누구야?"

블랙진이 나를 향해 물었다.

"알 카이 로한? 너 맞……."

청재킷이 말을 마치기도 전 양복 남자가 허리띠를 한순간에 풀어 휘둘렀다. 채찍처럼 내두른 허리띠에 청재킷의 머리가 잘렸다. 머리통이 데굴데굴 구르며 뒷말을 이었다.

"잖아!"

블랙진이 물러서며 주머니에서 기역 자 모양의 검은 물건을 반쯤 꺼냈다. 총인가? 대한민국 상수에 있는 무슨 공원인지 숲인지에서 사람 머리가 잘리고 총이 나온단 말이야?

블랙진이 꺼내려던 게 진짜 총이었는지 알 기회는 오지 않았다. 양복 남자가 허리띠로 블랙진의 팔을 잘랐기 때문이었다.

양복 남자의 뒤쪽에서 누군가 달려오며 팔을 뻗었다. 손에 쥔 무언가에서 밧줄이 튀어 나오더니 블랙진과 청재킷의 다리를 묶었다. 둘은 넘어졌다. 달려온 사람은 어디서든 볼 수 있는 평범한 인상의 아저씨였다.

"처리해."

양복 남자가 자기보다 스무 살은 많아 보이는 아저씨에게 말했다. 조금 전 살려 달라고 애걸할 때와는 완전히 다른, 냉랭한 어조였다.

"예."

아저씨가 청재킷과 블랙진의 팔다리를 고무처럼 접어서 커다란 캐리어에 집어넣었다. 그리고 어리바리 주위를 살피다 저만치 굴러간 청재킷의 머리를 주우러 갔다.

양복 남자가 내게 다가왔다. 비현실적인 공포에 사로잡힌 나는 도망칠 생각도 못 했다. 양복 남자가 내 코앞에 섰다.

울음이 터졌다. 친구들에게 화가 나서 걷다가 공원이 보여서 기분 전환할 겸 들어왔을 뿐인데, 사람을 죽인다 시체를 치운다 운운하는 소리를 듣고, 그 말을 한 남자들은 지금 접혀서 캐리어 속에 있었다.

"대표님, 무슨 일입니까? 얜 누구예요?"

캐리어를 질질 끌고 온 아저씨가 기겁해서 물었다. 그러더니 내게 말했다.

“저기, 그러니까, 어, 오해할 만한 상황이긴 한데, 보이는 것과 달라. 설마 우리가 진짜로 사람을 죽이고 접었겠니? 가서 봐 봐. 피 한 방울 없어. 다 가짜야. 이거 봐.”

캐리어 아저씨가 캐리어를 열었다. 식겁해서 뒤로 물러서다 넘어질 뻔했다. 캐리어 아저씨가 휴대전화 플래시로 가방 안을 비췄다. 보통 휴대전화 플래시보다 훨씬 밝았다.

“진짜 사람이 아니야.”

청재킷과 블랙진의 몸은 장난감처럼 접혀 있었다. 잘린 머리 단면도 그냥 고무처럼 보였다. 나는 쪼그리고 앉아 눈물을 닦으며 자세히 들여다보았다.

“젠장, 송준형이 맞았어.”

“으악!”

잘린 머리가 분한 듯 이를 갈았다. 나는 놀라서 그만 엉덩방아를 찧었다.

“아, 이거, 사람이 내는 소리가 아니야! 진짜 사람이면 머리가 잘렸는데 어떻게 말을 하겠어?”

캐리어 아저씨가 다급히 캐리어를 닫았다.

“주변 정리 어떻게 한 거야?”

양복 남자가 턱에 힘을 주고 물었다.

“분명 이쪽으로 오고 싶지 않아지는 심리유도기를 길목마다 심었습니다. 한 군데도 빠뜨리지 않았어요."

자라처럼 목이 짧아진 캐리어 아저씨가 울상을 지었다.

"넌 언제부터 여기 있었는데?"

양복 남자가 나에게 물었다.

나는 휴대전화로 시간을 확인했다. 여덟 시 삼 분이었다. 애들에게 카톡이 온 게 여섯 시쯤이었다.

"두 시간 전이요."

"히끅!"

캐리어 아저씨의 얼굴이 새파래지더니 양복 남자의 눈치를 살폈다. 날 못 보고 지나쳤던 거다! 왜? 내가 무슨 투명인간이라도 돼?

"아까 작대기 꽂고 다니던 사람, 아저씨 맞죠? 전 다 봤거든요?"

"넌 누구지? 알 카이 로한은 어디서 들었어?"

양복 남자의 서늘한 목소리에 솜털이 비쭉 섰다.

"할머니한테요."

"네 할머니가 누군데?"

캐리어 아저씨가 물었다.

"우리 할머니 이름은 미채예요. 송미채."

양복 남자의 잘생긴 얼굴에 균열이 이는 듯했다. 나는 사진 앱을 열어 하늘색 투피스를 입은 할머니와 키 큰 남자가 함께 찍은 사진을 보여 주었다. 다음 사진은 어린 할머니와 키 큰 남자의 흑백사진이었다.

"아저씨가 내 증조할아버지예요?"

밑에서 휴대전화 불빛을 받아 양복 남자의 얼굴이 더 무서워 보였다.

"대표님, 증손녀가 다 있었어요?"

캐리어 아저씨가 바보처럼 입을 떡 벌렸다.

양복 남자는 팔짱을 낀 채 무언가를 생각하고 있었다. 어리숙하게 구는 캐리어 아저씨 때문인지 조금씩 정신이 돌아오며 상황을 파악할 여유가 생겼다. 나는 메타세쿼이아 아래에 선 듯 고개를 꺾어 양복 남자를 올려다보았다. 아까 그 두 남자가 작은 게 아니라 양복 남자가 큰 거였다. 198센티미터랬나?

"194센티미터죠? 구두 굽 때문에 4센티미터 차이가 난 거고, 그걸로 속이려고 한 거예요. 그렇죠?"

정곡을 찔렀는지 양복 남자의 눈매가 더 날카로워졌다. 날 어떻게 떼 놓을지 궁리하는 것 같았다. 여기서 물러나서는 안 되었다. 이대로 이 아저씨를 놓치면 다시는 만나지 못하리라는, 할머니와 알 카이 로한의 수수께끼를 영원히 풀 수 없으리라는 직감이 들었다.

"나한테 이 사진 원본 있어요. 사실대로 말해 주지 않으면 인터넷에 올릴 거예요. 아저씨 찾는 사람, 이 캐리어 속에 들어 있는 두 사람이 전부가 아니죠?"

"진짜 사람이 아니라니까!"

캐리어 아저씨가 다급하게 말했다.

나는 대꾸도 하지 않았다. 캐리어 아저씨는 이 일이 얼마나 중요한지 몰랐다. 나는 은따 무리에서도 은따가 아닌, 지구에서 103만 광년 떨어진 알 카이 로한이라는 행성 출신 외계인의 후손이었다. 남들과 다른 특별한 존재, 그게 나고, 나여야 했다.

◇◇◇

월요일 조회가 끝난 뒤 영화와 세진이가 우리 반으로 왔다. 이대로 다시는 날 찾지 않을까 조마조마했었다. 나는 애써 마지못한 표정을 꾸며 내 고개를 들었다.

"이거."

세진이가 작은 상자를 내밀었다. 안에는 판다 인형 키링이 들어 있었다.

"어제 돌아오는 길에 샀어. 가방에 달자. 너랑 같이 걸려고 우리도 아직 안 걸었어."

영화가 똑같은 키링을 꺼냈다.

"미안해. 내가 오해했어."

세진이가 웅얼거리는 어조로 사과했다.

영화가 주위를 둘러보더니 얼굴을 가까이 했다. 다른 애들이 목소리를 낮춰 비밀 이야기를 소곤거리는 걸 늘 부러워했었다. 내게도 그런, 아주 친한 친구들끼리만 공유하는 특별한 비밀이 있기를 갈망했다.

"세진이 여자친구가 우리 보고 싶어 한대. 같이 만나러 갈래? 나도 아직 못 만났어."

나는 열정적으로 고개를 끄덕이고 말을 붙였다.

"너네 이제 나한테 비밀 없기다?"

"약속할게!"

"나도……."

영화와 세진이가 동시에 말했다.

나는 가방에 판다 키링을 걸었다. 영화와 세진이도 거는 걸 보자 뿌듯해졌다.

나에겐 세진이와 영화도 모르는 나만의 비밀이 있었다. 어쩌면 난 진짜로 외계인의 후손일지도 몰랐다.

그 돈은 송준형 아저씨, 아니 증조할아버지가 보냈던 게 분명했다. 친딸이 아니라면 왜 할머니에게 계속 돈을 보냈겠는가? 아이들이 내 존재를 느끼지 못하는 건, 내게 알 카이 로한인의 피가 흘러 지구인 눈에 잘 띄지 않는 보호색 같은 게 있어서였는지도 몰랐다. 할머니는 거짓말을 하지 않았다. 증조할아버지는 외계인이었다. 옛날이나 지금이나 똑같은 얼굴이 그 증거였다.

공원에서 증조할아버지는 내 전화번호를 물어봤다. 나는 내 휴대전화를 내밀었지만 증조할아버지는 번호를 말하라고 했고, 듣더니 돌아서서 가 버렸다.

인터넷으로 '법무법인 슈뢰딘어'를 검색해 봤지만 아무 정보도 나오지 않았다.

"토요일에 우리 집에 놀러 올래? 가족들 허락은 어떻게든 받아 볼게. 너희에게 말하고 싶은 게 있는데 말로는 설명이 안 되고 우리 집에 와서 직접 봐야 해."

영화가 자못 진지한 얼굴로 말했다.

"알았어, 비워 둘게."

세진이가 고개를 끄덕였다.

"그래."

나도 대답했다. 무슨 일인지 궁금했지만 애써 궁금하지 않은 척했다.

"고마워!"

영화가 환하게 웃었다.

나는 영화가 우리를 집에 부르는 이유를 세진이는 아는지 슬쩍 표정을 살폈다. 세진이가 가볍게 눈을 흘겼다. 너 소외 안 시켜, 걱정 마, 그런 눈빛이었다. 무안한 한편으로 세진이도 모르는 것 같아 안심이 되었다.

◇◇◇

토요일인데도 일찍 일어났다. 다른 친구 집에 놀러 가는 건 처음이었다. 심장이 몸 여기저기를 돌아다니는 것처럼 마음이 소란스러웠다. 나는 옷장을 뒤졌다. 세련되면서도 대놓고 멋 부린 티가 나지 않는 옷이 필요한데 다 촌스러웠다.

"엄마, 나 옷 사 줘."

잠시 날 빤히 보던 엄마가 지갑에서 삼만 원을 꺼냈다.

"이제 도와 달라고 할 할머니도 없고, 엄마에게는 다달이 삼백만 원씩 보내 주는 사람도 없어. 아껴 써."

엄마는 엄한 표정을 지으며 정해진 답을 기다렸다.

"네, 고맙습니다."

나는 인사하고 방으로 돌아왔다.

새 옷을 사기에는 이미 늦었기에 어찌저찌 겨우 옷을 고르고 드라이를 하는데 휴대전화가 울렸다. 모르는 번호였다. 설마? 다급히 전화를 받았다. 기대한 대로 증조할아버지였다.

– 이따 두 시에 홍대에서 보자.

– 오늘은 안 돼요. 친구들이랑 약속 있어요.

– 난 네 친구가 아니야. 이따 보거나 영원히 안 보는 거야. 그 사진? 인터넷에 올리든 말든 마음대로 해.

너무해!

그 사진을 인터넷에 올린다 해도 큰 의미가 있지는 않을 것이다. 그날 집에 돌아온 뒤부터 수시로 인터넷에서 외계인과 UFO를 검색했다. UFO를 봤거나 외계인에게 납치당했다는 이야기는 많았지만 대부분 그 진위를 의심했다. 내가 이 사진 두 장을 올려 봐야 합성이라고 의심받거나 아무 관심도 받지 못할 가능성이 높았다. 언젠가 반 아이들이 나와 놀아 주지 않는다는 글을 인터넷에 올렸을 때도 며칠이 지나서야 '참 힘들겠군요. 저도 친구들이 없었지만 열심히 노력하니 생겼어요.' 하는 뻔한 답변 하나가 달린 게 전부였다. 묻히면 차라리 다행이지, 만에 하나라도 이 사진을 보고 청재킷이나 블랙진처럼 괴이쩍은 존재가 찾아오기라도 하면?

– 알겠어요.

나는 시무룩하게 대답했다.

– 사진도 가지고 와.

뭐라고 답할 새도 없이 전화가 끊겼다.

두 장 다 가져가야 하나? 고민하다 전화를 거니 없는 번호라는 음성 메시지가 흘러나왔다. 바로 직전에 통화한 번호인데도 말이다. 통화 기록마저 없었다면 내가 자다 꿈을 꿨나 했을 것이다. 없는 번호라던 번호로 문자가 왔다. 약속 장소인 카페 주소였다. 나는 다시 전화를 걸었다.

– 지금 거신 번호는 없는 번호이오니…….

나는 전화를 끊었다.

사진을 한 장 챙긴 뒤 등수가 뚝 떨어진 성적표를 엄마에게 내미는 것처럼 풀이 팍 죽어서 영화에게 전화했다.

– 영화야, 미안한데, 나 갑자기 일이 생겨서 못 가.

– 진짜? 가족들이 너희 기다리고 있는데. 무슨 일 생긴 거야? 안 좋은 일이야?

– 아니야, 그런 거. 진짜 가고 싶었는데…….

– 나도 미안해. 친구 데려오는 거 간신히 허락받았거든.

나 없이 세진이만이라도 초대하겠다는 소리였다. 당연한 일이었다. 지난 일주일간 영화가 얼마나 어렵게 가족들을 설득했는지 알고 있었다. 열일곱 명이 기다리고 있는데 나 하나 때문에 미루라고 할 수는 없었다.

– 오늘 재밌게 놀아.

– 응, 정말 아쉽다. 미안해.

내가 마음 상할 자격이 없다는 걸 알면서도 마음 상했다. 영화가 더 많이 미안해하길, 약속을 내일로 미뤄 주길 바랐다.

영화의 집에 가지 못하는 건 못내 아쉬웠지만 그래도 증조할아버지를 만나 알 카이 로한의 비밀을 듣는다는 사실에 설렜다. 증조할아버지가 할머니에게 매달 삼백만 원씩 보내 줬듯, 마치 키다리 아저씨처럼 비밀리에 나를 보살펴 주는 사람이 되어 줄

지도 몰랐다.

◇◇◇

증조할아버지 송준형 아저씨는 카페 구석 자리에서 날 기다리고 있었다.

"안녕하세요."

내가 인사하자 아저씨가 일어나서 같이 주문 매대로 갔다. 메뉴는 다 영어로 적혀 있었다. 중3이나 되었는데 영어 메뉴를 보고 몸이 굳는 내가 창피했고 아저씨가 날 어떻게 생각할까 걱정되며 더 위축되었다. 아저씨의 입가가 삐뚜름해졌다.

"여긴 재밌는 나라야. 세종대왕을 그토록 칭송하면서 평생 쓸 일이 없는 사람도 필수적으로 영어를 익혀야 하지. 영어를 못하면 뭘 잘못한 사람처럼 움츠러들게 하거든. 인구 1, 2위 국가의 언어인 중국어나 힌디어는 못해도 괜찮고."

아저씨는 내게 커피, 에이드, 차 중에서 뭘 마시고 싶은지 물으며 주문을 도와주었다.

"사진은 가져왔니?"

"네."

하지만 사진을 꺼내지는 않았다. 이건 내 유일한 무기였다. 허무하게 뺏길 수는 없었다. 아저씨가 내 마음을 읽은 듯 씩 웃었다.

"뭘 바라지?"

"아저씨가 진짜 내 증조할아버지예요?"

아저씨는 자기를 보라는 듯 어깨를 으쓱했다.

"내가 증손녀가 있을 나이로 보이니?"

송준형 아저씨는 그때 재킷 입은 남자들을 대하듯 말장난을 하려고 했다. 거기에 말려들어서는 안 되었다.

"사실대로 말해 주시면 사진 한 장 드릴게요."

"거래를 할 줄 아는구나. 어디까지 알고 있니?"

아저씨는 내가 마음에 든다는 표정을 지었다.

나는 할머니와 엄마가 한 이야기를 들려주었다.

"결혼할 때 미채 엄마에게 확실히 이야기했었다. 난 아이를 갖지 못한다고……. 그런데 갑자기 임신했다며, 기적이라고 하더구나. 아마 내가 뭘 잘못 알았던 걸 거라고……."

"아저씨가…… 내 증조할아버지가 아니란 말이에요?"

"아니야."

아저씨가 확답했다. 믿고 싶지 않았다.

"증조할머니가 바람피운 걸 알면서도 왜 계속 같이 살았어요?"

"이혼은 번거로우니까. 그리고 막상 태어난 아이를 보니……."

아저씨는 나로서는 알 수 없는 오래전 기억 속으로 잠겨 들어갔다.

“퇴근하면 미채 엄마와 미채가 현관에서 날 맞았지. 미채는 내가 신발을 벗기도 전에 달려와 다리에 매달렸어. 무구한 얼굴로, 그 작은 몸에 절대적인 신뢰와 애정을 담아…….”

어느 날 집에 와 보니 증조할머니는 안방에서, 할머니는 자기 방에서 나오지 않았다. 아저씨는 할머니의 방문을 열었다. 침대 위에서 어린 할머니가 서럽게 울고 있었다.

“우리 딸 왜 울어? 무슨 일 있었어?”

아저씨는 침대에 앉아 할머니의 등을 쓰다듬었다.

“어떤 아저씨가 나한테 자기가 내 친아빠래요.”

“나쁜 아저씨가 거짓말을 했구나. 내가 네 아빠 맞아.”

충격을 받은 할머니의 눈에서 눈물이 쏙 들어갔다. 그제야 송준형 아저씨는 자기의 실수를 깨달았다. 그는 즉각 “누가 그딴 소리를 해?”라고 소리쳤어야 했다. 어린 할머니가 상황을 분석해서 아저씨의 말이 거짓말이라는 걸 알아챈 건 아니리라. 다만 아저씨의 어조에서, 아저씨가 진작 그 사실을 알고 있었다는 걸 감지한 것이다.

“죄책감은 내게 익숙한 감정이 아니란다.”

아저씨가 말했다.

공원에서 보인 모습이나 나를 대하는 태도나 아저씨는 냉혈한에 가까웠다. 거짓말도 잘 둘러댔고. 그런데 순수하게 자신을 사랑한 어린 할머니에게 상처를 입힌 일은 아저씨에게도 부메랑이 되어 돌아왔다.

아저씨도 할머니를 아꼈던 거구나…….

할머니는 친아빠라고 믿었던 송준형 아저씨에게 사랑받았다.

"그래서 나는 미채에게 사실을 알려 줬단다. 지구인 중 내가 그 사실을 털어놓은 사람은 미채가 유일했어."

아저씨 자신의 죄책감을 달래고, 무엇보다 할머니가 받은 상처를 조금이나마 덮어 주기 위해서는 진실이 필요했다. 진실만이 유일한 치료제였다.

"아저씨가 알 카이 로한 행성에서 왔다고요?"

"내가 '알 카이 로한'이라고 했어. 알 카이 로한은 행성 이름이 아니라 행성 공통어로 '방문자'라는 뜻이야. 미채는 어렸고 기억은 왜곡되게 마련이지. 103만 광년은 미채가 상상해 낸 거였을 거야."

아저씨는 할머니에게 자라는 모습을 보고 떠나고 싶었는데 그러지 못할 것 같다고 했다.

"이따금 그날이 떠오르더구나. 내가 그때 미안하다고 사과했던가, 하지 않았던가."

"왜 떠났어요?"

"복잡해졌으니까. 내가 원한 건 조용한 위장이었어."

"결혼은 왜 했어요?"

"그 무렵에는 나이 든 남자가 결혼하지 않고 있으면 주위의 시선이 성가셨거든."

"아저씨 몇 살이에요? 몇 번이나 결혼했어요?"

"욕심부리지 마라. 미채 이야기 외에는 네가 알 바 아니야."

아저씨의 목소리가 차가워졌다.

무안해져 빨대를 물고 에이드를 한껏 빨아 당겼다. 차가운 음료에 뒷골이 띵해졌다.

"그때 그 두 남자도 외계인이에요?"

아저씨는 휴대전화를 꺼내더니 동영상을 보여 주었다. 마네킹의 상체가 반으로 갈라졌다. 안에는 복잡한 기계장치가 들어 있었다.

"지구인보다 작은 종족이야. 지구인의 몸을 본뜬 형체 안에 들어가 있던 거지. 나에게 불법적인 일을 강제로 의뢰하려고 했어. 하지만 난 그런 일은 하지 않아."

"그럼 무슨 일 해요?"

"그것도 미채와 관련 없는 이야기구나."

"아저씨가 알이에요? 할머니 통장에 매달 돈을 보낸 사람?"

"그래."

"저한테도 용돈 주실 거예요?"

"아니."

"왜요? 전 할머니 손녀잖아요."

"내가 돌보는 건 미채까지야. 너도 자라면 아이를 낳을지도 모르지. 한없이 돌볼 수는 없다."

아저씨가 딱 잘라 말했다.

"혹시…… 할아버지를 쫓아낸 것도 아저씨예요?"

아저씨는 침묵으로 수긍했다.

"그냥 다시는 그러지 못하게 혼내기만 할 수는 없었어요? 어렸을 때 엄마는 그 일로 할머니를 많이 미워했대요."

"난 전능한 존재가 아니야."

"이 사진은 뭐예요?"

나는 휴대전화에서 하늘색 투피스를 입은 할머니와 아저씨의 사진을 불러왔다. 아저씨의 잘생긴 얼굴이 일그러졌다.

"어느 날 예고도 없이 찾아왔지. 어떻게 알았는지 물었는데 말해 주지 않았어."

"사람은 누구나 비밀이 하나쯤은 있어야 한다."

내 말에 놀랐는지 아저씨의 눈썹이 살짝 꿈틀거렸다.

"그렇게 말하더구나."

아저씨가 감정을 억누르는 목소리로 말을 이었다.

"어느새 노인이 되어 버린 미채를 보며 앞으로 살날이 얼마나 남았을지 생각했어. 10년? 20년? 5년? 1년?"

"이게 언제예요?"

"2년 전이야."

아저씨의 목소리에 짙은 회한이 묻어났다.

"사실대로 이야기해 주셨으니 이 사진 드릴게요. 물론 아저씨는 사진이 많이 있겠지만요."

나는 어린 할머니와 아저씨를 찍은 사진을 내밀었다.

"다 버렸다. 나는 사진이나 물건을 간직하지 않아. 머릿속에 남으면 추억이고 잊히면 지나간 과거지."

그래서 폴라로이드로 찍었구나. 아저씨는 간직할 생각이 없었던 거야.

"그럼 왜 거래에 응하셨어요? 아저씨가 찍혀 있어서요?"

대답 없이 사진만 바라보던 아저씨가 고개를 들었다.

"딱 한 번 네 부탁을 들어주마. 다른 사진은 그때 받겠다."

아저씨가 휴대전화를 꺼냈다. 내 휴대전화의 벨이 울리며 번호가 찍혔다.

"뭐든지요?"

"불법적인 것과 불가능한 것과 지나치게 무리한 건 안 돼."

"지나치게 무리한 것의 기준이 뭐예요?"

"그건 스스로 판단하렴. 전화는 한 번만 걸 수 있어. 그 전화가 끊기고 나면 없는 번호라고 뜰 거야. 그 사진을 인터넷에 올리거나 다른 사람에게 전송해도 없는 번호가 될 거다."

"그걸 아저씨가 어떻게 알아요? 나 사찰해요?"

"그런 짓은 안 해."

"그걸 어떻게 믿어요?"

아저씨는 믿든 말든 상관없다는 몸짓을 취했다.

"다시 말하지만 난 사진 같은 걸 간직하는 사람이 아니야. 내겐 별 의미 없는 물건이라는 거지. 잘 생각하렴. 네가 미채의 손녀라서 주는 한 번의 기회야."

아저씨는 일어서더니 느긋하게 걸음을 옮겼다. 너무 여유로운 모습이라 처음에는 화장실에 가나 했지만 카페 밖으로 나가더니 곧 사라졌다.

혼자 남아 얼음을 씹어 먹으며, 송준형 아저씨가 한 말들을 곱씹었다. 송준형 아저씨는 내 진짜 증조할아버지가 아니었다. 나는 그냥 평범한 지구인이었다.

◇◇◇

며칠 동안 아저씨를 만난 일 때문에 정신이 사나웠다. 멍하니 서 있다가 공을 맞고 나서야 피구를 하던 도중이었다는 걸 깨닫는 식이었다.

이따금 휴대전화 통화 내역에서 그날 받은 전화번호를 들여다보았다. 실수로 통화 버튼을 누를까 봐 엄청 긴장하면서. 마치 램프의 요정 지니가 휴대전화 안에 들어 있는 것 같았다.

딱 한 가지 부탁은 뭐가 좋을까?

내가 바라는 건…….

아저씨가 진짜 내 증조할아버지가 되어 주길 바랐다. 하지만 지나치게 무리한 요구라고 거절할 것 같았다.

애들이 다 나랑 친해지고 싶어서 경쟁하면 좋겠어요. 이런 건 불가능할까?

전교 1등 하게 해 달라고 해? 음…… 공부 안 하고 1등 하려면 불법적인 방법을 써야 하는 걸까?

매달 백만 원씩 달라고 해? 이건 딱 하나가 아닐까?

언젠가 부탁을 정해 아저씨를 다시 만나는 날이 오면 할머니가 남긴 말을 전해 줘야지. 나만 수혜를 받는 게 아니라는 사실이 기뻤다. 나도 아저씨에게 전해 줄 말이 있었다.

내 생각에 빠진 나머지 영화와 세진이가 이상하게 군다는 걸 뒤늦게 알아차렸다. 영화와 세진이는 내가 반으로 찾아가면 하던 말을 멈추거나 허둥대며 평소 꺼내지도 않던 연예인 이야기로 화제를 돌렸다.

◇◇◇

침대 위에서 몸을 반으로 접고 울었다. 영화와 세진이가 날 따돌리고 둘만의 비밀을 만들었다. 이제껏 제대로 사귄 친구는 영화와 세진이뿐인데……. 세진이가 영화 집에 갔을 때 무슨 일인가가 있었던 거다. 무슨 일인지 물을 용기가 나지 않았다. 물어봐도 말 안 해 주면? 아무 일도 아니라고 거짓말하면?

왜 결정권은 항상 다른 사람에게 있을까?

학년이 바뀌어 새 짝이 생기면 무슨 말이든 붙여 보곤 했다. 하지만 내 짝들은 다 형식적인 대답만 하고 자기 친구들과 어울렸다. 내가 용돈을 얼마나 받을지도 엄마에게 달려 있었다. 송준형 아저씨도 아저씨 쪽에서 거절할 빌미가 잔뜩 있는 약속을 했다.

왜 나는 만날 다른 사람의 눈치를 봐야 하지?

할머니가 보고 싶으면서 미운 감정도 솟았다. 그 사진 두 장을 보여 주면 됐잖아. 그럼 나도 믿었을 텐데……. 왜 안 보여 준 거야? 할머니는 증조할아버지를 만난 일을 자기만의 비밀로 삼았다. 엄마에게라도 위로받고 싶었지만 어디서부터 말을 꺼내야 할지 알 수 없었다. 게다가 요즘 계속 야근하느라 녹초가 되어 돌아오는 엄마를 보면 입이 떨어지지 않았다.

그날 영화네 집에 갔다면 영화 할머니가 차려 준 밥을 먹고 영화 엄마가 오븐에서 구운 수제 쿠키를 먹었을지도 몰랐다. 영화의 가족들은 주말이면 영화에게 날 집에 데려오라고 했을 것이다. 그날 가지 못하는 바람에 그 기회를 날려 버렸다.

세상에 날 특별하게 여기는 사람은 없는 걸까? 특별하다는 건 뭘까? 왜 특별해지고 싶어 할까? 내가 남다른 존재면 날 눈여겨

보고 소중하게 대해 주는 사람이 생길 것 같아서일까?

◇◇◇

나는 더 이상 쉬는 시간이 와도 세진이나 영화의 반에 가지 않았다. 둘이 우리 반에 오면 엎드려 자는 척했다. 영화와 세진이가 내 눈치를 보는 기색이 느껴졌다. 전 같으면 우쭐했겠지만 이제는 달랐다. 조금 눈치 보다 말겠지. 그러다 어느 순간부터 둘이 다니고 난 혼자 남을 거야. 그럼 어때. 세상은 원래 혼자 사는 거라잖아? 둘의 태도에 상처받지 않는 내가 전보다 한결 성숙해진 것처럼 느껴졌다.

"나 용돈 받았어. 너 좋아하는 치즈케이크 사 줄게. 카페 가자."

영화가 하굣길에 내 오른쪽 팔짱을 끼며 말했다.

"진짜? 대박, 가자!"

세진이가 내 왼쪽 팔짱을 끼며 목소리를 높였다. 같이 가고 싶지 않았다. 하지만 거절하는 말도 나오지 않았다.

음료를 주문하고 기다리는 동안 영화와 세진이가 서로 어떻게 말을 꺼낼지 눈짓을 주고받는 게 보였다. 점점 더 비참해졌다.

"있잖아."

영화가 조심스레 입을 열었다.

"나 너한테 말할 게 있어. 근데 직접 보지 못하면 믿기 힘들단 말이야. 그래서 말 못 한 거지, 절대 너한테 비밀로 하려던 게 아니야."

"나도 미안해. 그날 내가 너무 놀라는 바람에, 영화 가족이 친구는 이제 데려오지 말라고 했어."

"안 놀랄 수 있나."

영화와 세진이가 둘만 아는 이야기를 하고 있었다. 찔끔 눈물이 맺혔다.

"너 내 말 믿어 준다고 약속해야 해!"

영화가 서둘러 새끼손가락을 내밀었다. 나는 별도 없이 거기에 손가락을 걸었다. 영화가 다짐받듯 새끼손가락에 힘을 주었다. 그러고도 한참 뜸을 들이던 영화가 마침내 입을 열었다.

"나, 사실…… 지구인이 아니야."

순간 머리가 멍해졌다.

"네가…… 네가 외계인이라고? 네가?"

"지구인의 성대로는 발음이 안 되는데, 굳이 해 보자면 '에멘'이라는 행성이야. 지금 네가 보는 몸은 위장이고……."

"몸을 자르면 막 고무처럼 보이고 그래?"

공원에서 본 두 남자의 모습이 떠올라 나도 모르게 물었다.

"어, 맞아! 아, 아니 잘랐던 건 아니고, 영화가 몸속에서…… 나왔었어. 미안해!"

세진이가 소름이 끼친 듯 몸을 웅크렸다가 급히 영화에게 사과했다.

“괜찮아, 그럴 수도 있지.”

말과 달리 영화의 표정이 시무룩해졌다.

“아니야, 진짜 미안해. 용기를 내서 말해 줬는데 내 반응이 그랬으니…… 네가 어떤 심정이었을지 알 것 같아. 내가 커밍아웃했을 때 우리 엄마도 그랬거든.”

둘의 이야기가 다른 곳으로 옮겨 가고 있었다. 마음이 급해졌다. 영화가 외계인이라니?

“그래서?”

말을 자르며 끼어들었다.

“우린 군집 생활을 해. 모여 있어야 안정감을 느껴. 우리 집 유리창은 특수 재질이라 밖에서 안이 전혀 안 보여. 우리에게 맞는 생활공간을 만들어 둔 터라 집에서는 잠깐 껍질, 아니, 사람 외피를 벗어도 되거든.”

“왜 지구에 온 거야? 전쟁이라도 났어?”

“이모가 무슨 큰 범죄를 저질러서 지구로 도망 왔어. 우리 행성은 연좌제거든. 이모는 못 데려왔어. 범죄자를 빼돌리는 건 범죄라고, 이모까지 데려오는 건 업체에서 안 된다고 그래서. 지구에 온 지는 7년 정도 됐어.”

“업체?”

"응, 지구에 이런 일을 도와주는 회사가 있어."

심장이 쿵쾅쿵쾅 뛰기 시작했다. 설마, 설마…….

"그, 그 회사 이름이 뭐야?"

용기를 끌어올려 물었다. 영화와 세진이는 아마 내가 영화의 정체 때문에 놀랐다고만 생각했을 것이다. 하지만 그게 다가 아니었다.

"슈뢰딘어."

"아……!"

증조할아버지, 아니 송준형 아저씨가 하는 일이 그거였구나!

나는 심호흡을 하고 물었다.

"거기 연락처 알아?"

"응. 혹시 무슨 일 생기면 연락해야 하니까."

"너, 영화 말 믿는 거야?"

세진이가 '이렇게 쉽게?'라는 의문을 담아 물었다.

더한 것도 본 내가 믿지 못할 이유가 없었다. 하지만 그렇게 말하지는 않았다.

"당연하지! 영화와 네가 거짓말할 리가 없잖아."

나중에 영화에게 슬쩍 연락처를 물어봐야지. 송준형 아저씨가 준 한 번의 기회를 쓴 뒤, 어느 날 태연자약하게 연락하는 거야. 아저씨가 자기 연락처를 어떻게 알았는지 물으면 대답할 말은 정해져 있었다. 누구나 비밀은 있는 법이에요.

"믿어 줘서 정말 고마워! 우린 함께 있으면 텔레파시로 감정, 느낌, 생각을 공유해. 그런데 지구에서는 직접적으로 의사소통을 해야 하고, 친하게 굴면 밀어내서 너무 힘들었어."

"그럼 서로 거짓말도 못 해?"

내 질문에 영화와 세진이가 동시에 웃었다.

"나랑 똑같은 걸 묻네. 대놓고 거짓말은 못 해도 사실의 일부만 보여서 착각을 유도할 수는 있대."

세진이가 대답했다.

영화는 에먼에 대한 여러 가지 이야기를 들려주었다. 지구와는 완전히 다른 행성, 낯선 풍경, 생소한 관습들이 있는 곳이었다. 세진이는 이미 들었던 이야기라 중간중간 부연 설명을 해 주었다. 송준형 아저씨에 대해 알아냈다는 기쁨이 시나브로 가셨다. 세진이의 부연 설명은 내가 그날 그 자리에 없었다는 걸 일깨웠고, 영화의 이야기는 송준형 아저씨가 내 증조할아버지가 아니라는 아쉬움에 불을 지폈다.

"어째서 네가 외계인인 거야? 난 평범한 지구인인데!"

나는 알 카이 로한 행성인이 아니었다. 심지어 그건 행성 이름도 아니었다. 송준형 아저씨는 할머니 사진이 갖고 싶어서 내 부탁을 하나 들어준다고 했다. 할머니와 내내 거리를 두고 산 걸, 사진을 간직하지 않은 걸 후회하기 때문이다. 나를 위해서가 아니었다.

"난 특별한 사연이 없어, 아빠도 없고. 할머니가 내가 특별한 아이라고 했던 건 다 거짓말이었어! 그래서 할머니에게 계속 화내다가 돌아가시는 바람에 제대로 사과도 못 했어."

뭔지 모를 서러움이 폭발해서 나는 어깨를 들썩이며 울었다. 영화와 세진이가 당황해 어쩔 줄 몰라 하며 내 어깨를 다독였다. 영화가 셀프바에서 잔뜩 집어 온 냅킨을 다 써 가며 한참을 울고 나서야 겨우 진정할 수 있었다.

"저기, 그, 아빠랑 할머니 얘기 더 해 줄 수 있어?"

내가 조금 진정되자 세진이가 조심스레 말했다. 영화도 고개를 끄덕이며 날 바라보았다.

영화와 세진이는 내 이야기를 집중해서 듣고, 마음 아프겠다며 진심 어린 위로를 해 주었다. 누군가 내 말에 이렇게 귀 기울여 준 것도, 이렇게 장시간 내 이야기를 한 것도 처음이었다.

"할머니에게 미안하다고 하고 싶은데……."

"우리 할머니는 텔레파시 없이도 내 마음을 훤히 읽거든. 네 할머니도 네가 미안해하고 그리워하는 마음 다 알 거야."

영화가 내 손을 꼭 쥐었다.

"언제 같이 할머니 보러 가자."

세진이가 힘차게 말했다.

"진짜? 납골당 경기도에 있는데……."

"가면 되지."

영화와 세진이는 번갈아 가며 날 북돋아 주었다. 카페를 나와서도 날 가운데에 두고 팔짱을 껴 주었다.

학교에 다니기 시작한 이래 이렇게 기분 좋게 집으로 향한 적이 있나 싶었다.

나는 아이들에게 송준형 아저씨에 대해서는 말하지 않았다.

살다 보면 무슨 일이 생길지 모른다잖아. 아주 큰일이 생겼을 때 아저씨를 불러서 일을 해결하는 거다. 그리고 영화랑 세진이에게 말해야지. 미안해, 미리 말 못 해서. 할머니가 그러는데 사람은 비밀이 하나쯤은 있어야 한대.

아니지, 내가 먼저 애들한테 비밀 만들지 말자고 했잖아. 송준형 아저씨가 말하지 말라고 했다고 할까?

영화가 시간을 두고 다시 가족에게 우리를 초대하고 싶다고 졸라 보겠다고 했다. 사람 외피 안에 있는 영화의 모습은 어떨지 궁금했다. 진짜 친구가 생길 때까지 영화, 세진이와 어울리는 것도 괜찮을 것 같았다.

자코메티

듀나

듀나

1994년부터 SF를 쓰기 시작했다. 소설집 『면세구역』 『태평양 횡단 특급』 『대리전』 『용의 이』 『브로콜리 평원의 혈투』 『제저벨』 『아직은 신이 아니야』 『구부전』 『두 번째 유모』, 장편소설 『민트의 세계』 『아르카디아에도 나는 있었다』 『평형추』 등을 썼다.

1

껑충하게 키가 큰 여자아이가 찬미를 내려다보고 있었다.

찬미는 아이의 머리 뒤에서 후광처럼 빛나는 저녁 햇빛에 눈을 깜빡이며 비틀비틀 일어났다. 그때까지 다리를 덮고 있던 박광욱의 시체는 스르르 미끄러져 피 웅덩이에 코를 박았다. 쏟아져 나오던 피는 멎은 지 오래였다. 목에 난 상처에서 뽑은 금속 기계 파편은 아직도 방구석에서 휘파람 비슷한 소리를 내며 꿈틀거리고 있었다.

찬미는 여자아이의 손을 잡고 일어났다. 피에 왼발이 미끄러졌지만, 아이가 부축해 주었다. 찬미는 방구석에 굴러다니던 백팩을 주섬주섬 챙겼고, 둘은 말없이 빌라 건물에서 빠져나왔다.

"너를 보호하려다 죽은 거니, 그 사람은?"

아이가 물었다.

찬미는 잠시 망설이다 거짓말을 했다.

"응."

"좋은 사람이었니?"

"모르겠어."

사실이었다. 찬미는 1개월 동안 담임이었고, 이틀 전에 다시 만나 끈적거리는 지옥을 공유했던 그 남자에 대해 아는 게 거의 없었다. 알고 싶지도 않았다. 남자는 이제 죽었고 그것으로 충분했다. 시체도 거기 오래 머물지 않을 것이다. 부패의 냄새가 퍼지자마자 로봇들이 수거해 가겠지.

골목은 텅 비어 있었다. 여기저기 널려 있던 자동차들은 이미 전투 로봇들이 분해해 재활용한 지 오래였다. 이전엔 명학역이었던 곳에 세워진 거대한 탑도 조각난 자동차로 만든 것이었다. 밤만 되면 탑 외벽에 붙은 헤드라이트들이 리드미컬하게 번쩍였다. 아르고스의 탑. 찬미는 정말 그것들이 안양시를 굽어보는 눈이라고 믿었다.

염소만 한 전투 로봇 다섯 대가 아이들 앞을 가로질렀다. 모두 다리가 네 개, 팔이 두 개였고 박광욱의 삶을 끝장낸 것과 같은 모양의 칼날을 머리에 달고 있었다. 그들은 콘크리트 조각들을 끈적거리는 무지개색 섬유로 얽어 쌓은 벽을 거미처럼 타고 넘어갔다. 이런 벽 수백 개가 도시를 미로로 만들었다.

"웨인이야."

아이가 말했다.

"뭐?"

"웨인이라고. 저 전투 로봇들은. 과학자들이 새 분류법을 만들었어. 전투 로봇은 웨인, 방어 로봇은 쿠퍼, 건설이나 수리 전문인 로봇은 기네스, 그리고 메인 컴퓨터 노릇을 하는 올리비에인가 하는 게 또 있대. 우주선도 종류별로 이름이 따로 있다는데."

"그냥 전투 로봇, 방어 로봇, 건설 로봇, 메인 컴퓨터라고 부르면 안 되는 거야?"

"이제는 그렇게 부른대."

"넌 그런 걸 어떻게 알아?"

"라디오에서 들었어."

"아."

라디오 생각을 못 했다. 아니, 한동안 바깥세상 소식을 들어야 한다는 생각 자체를 안 했다. 마지막으로 들은 소식은 기계들이 청와대를 습격해 대통령을 포함한 수백 명을 도륙했다는 것이었다. 많은 사람이 슈퍼마켓에서 가져온 맥주로 축배를 들었고 아직도 안양에 사는 사람들 사이에선 그에 관련된 온갖 농담들이 떠돌았다.

멀쩡한 정신을 가졌다면 안양에 새로 지어진 외계 로봇들의 미로 성 안에 머물러서는 안 되었다. 하지만 우주선을 타고 온 로봇들이 지구를 침공해 도시를 건설하는 대사건이 일어났는데, 멀쩡한 정신을 유지하는 게 무슨 의미가 있는가. 수많은 사람이 호기심, 모험심, 학구열에 끌려 안양으로 모여들었다. 그리고 그중 상당수는 전투 로봇, 그러니까 웨인에 의해 토막 난 채 기계의 일부가 되었다.

안양엔 다른 부류도 있었다. 도망자들. 찬미는 가족과 함께 피신하지 않고 혼자 안양에 남아 도망자가 됐다. 그리고 수개월이 지났다.

2009년 12월 11일. 그날은 찬미의 만 열일곱 살 생일이었다.

2

찬미는 피에 젖은 트레이닝복과 점퍼를 벗고 청바지와 티셔츠로 갈아입었다. 새로 고른 더플코트는 조금 컸지만 그래서 오히려 더 좋았다. 점퍼 주머니에 들어 있던 자잘한 물건들이 더플코트로 이사 와 주머니를 부풀렸다.

여벌 속옷을 백팩 안에 넣으며, 찬미는 곁눈질로 새로 친구가 된 아이를 훔쳐보았다. 일단 키가 컸다. 170센티미터는 당연히 넘었고 175센티미터가 넘을지도 모른다. 운동선수처럼 근육이 다부졌고 날렵해 보였다. 아이는 큼직한 갈색 손으로 하얀색 원통형 기계의 배터리를 갈고 있었다.

"그건 뭐야?"

찬미가 물었다.

"초음파발생기."

"어디다 쓰는데?"

"개 훈련시킬 때. 하지만 난 웨인을 쫓아내는 데에 써. 적어도 지난 한 달 동안은 먹혔어. 하지만 언제까지 쓸 수 있을지는 몰라. 저것들은 자꾸 변하니까. 이미 새로 태어난 큰 것들은 안 먹혀."

박광욱을 죽인 로봇이 저 아이가 들어오기 전에 움찔하면서 달아났던 것이 기억났다. 아니, 그게 달아난 것인지도 확신할 수 없었다. 로봇은 그 초음파 신호를 전혀 다른 의미로 해석했을 수 있으니까. "안녕, 이제부터 여기는 내가 맡을게." 같은. 찬미는 〈피너츠〉의 루시가 그려진 런치박스로 만든 로봇의 네모난 얼굴을 지금도 기억했다. 쌍안경에서 뜯어내 대충 붙인 것 같은 두 눈과 아기용 밥그릇으로 만든 두 귀가 삐걱거리며 움직였다. 폐품 활용 전시회에서 튀어나온 것 같은 모습이었다.

그 폐품들이 안양시 전체와 광명시 3분의 1을 잡아먹었다.

"내 이름은 윤찬미야."

찬미가 말했다.

"알아."

"어떻게?"

"목사님 딸이잖아. 이모가 반석교회에 다녔어. 내 이름은 한민정이야."

"학교에서 널 본 거 같아."

"눈에 안 뜨이기가 어렵지, 나 같은 애는."

찬미와 민정은 옷가게에서 나왔다. 가게들은 대부분 약탈당했지만, 이곳에 남은 사람들이 쓸 물건들은 충분히 남아 있었다. 그 소문 때문에 일부러 안양에 들어온 사람들도 있었다. 대부분 오래 살아남지 못했다. 여기서 버티려면 기계들의 흐름을 읽어야 했다. 그 흐름이 무엇이냐고 묻는다면 정확한 대답을 하기 어려웠다. 서퍼가 파도와 바람을 읽듯 도시 전체의 기운을 읽을 수 있는 감이 필요했다.

둘은 말없이 길을 걸었다. 근처 군부대에서 온 것 같은 군용 트럭이 아이들의 옆을 지나쳤다. 운전석에는 아무도 타고 있지 않았고 차창에 더듬이 세 개가 달린 작은 외계 로봇이 박혀 있었다. 후미등이 켜졌다. 찬미는 그 차가 후미등으로 둘을 엿보고 있다고 느꼈다.

"왜 여기 남았니?"

민정이 물었다.

"너는 왜 남았는데?"

"그냥 여기 남는 게 좋을 거 같아서. 더 재미있을 거 같기도 했고. 어차피 나 같은 애 없어졌다고 해서 관심 가질 사람도 없고. 하지만 넌 목사님 딸이잖아. 왜 남은 거야?"

"사연이 길어."

"남는 게 시간이야."

찬미는 한숨을 내쉬었다.

"〈이머진과 포샤〉에 대해 알아?"

"뭔가 셰익스피어와 관련된 거야?"

"셰익스피어를 아니?"

"전집을 읽었어."

"〈이머진과 포샤〉는 드라마 제목이야. 스코틀랜드가 배경이고. 이머진은 런던에서 에든버러에 이사 온 잉글랜드 사람이고 포샤는 에든버러 토박이야. 둘은 포샤가 운영하는 골동품 가게에서 처음 만나. 그리고 사랑에 빠져. 그런데 그 골동품 가게는 귀신에 들렸고 포샤의 살해당한 전 여자친구의 유령이 거기서 살아. 그래서 범인 찾는 이야기도 들어가."

"재미있겠네."

"BBC 드라마라 짧아. 시즌이 두 개인데 다 합쳐서 겨우 열두 편. 우리나라에선 방영된 적 없어서 다운받아 봤어. 시즌 2는 내가 직접 자막도 만들었어."

"그게 여기 남은 거랑 무슨 상관이야?"

"〈이머진과 포샤〉 네이버 카페에 가입했어. 그런데 회원 중 한 명이 우리 학교 애인 거야. 조예솔이라고."

"아, 누군지 알아."

찬미가 잠시 머뭇거리더니 말했다.

"개를 좋아했거든. 초등학교 때부터. 그래서 바보 같은 짓을 저질렀어. 학교에서 내 아이디를 밝히고 오래전부터 좋아했다고 말했어."

"내가 알기로 조예솔은…… 아니다. 계속해."

"걔가 말했어. 그런 건 〈이머진과 포샤〉에서만 아름답지, 나 같은 건 더럽다고. 그리고 카페에 나를 대놓고 비웃는 글을 올렸어. 카페 사람들도 다 비웃었어. 걔네 엄마가 우리 아빠 교회 권사여서 소문이 아빠 귀까지 들어갔어."

"그래서?"

"아빠가 뭐라고 말하기 전에 달아났어."

"가출했어?"

"그런 거 같아. 그런데 다른 사람들은 가출을 어떻게 해? 가서 어디서 먹고 자는 거야? 난 그냥 편의점과 공원을 오가면서 잠도 못 자고 버텼어."

"친구 집에 가면 되잖아. 그렇게 친구가 없었니?"

"너보다는 많았을걸. 하지만 걔들은 다 나를 비웃었을 거야. 다들 예솔이 친구였고 교회 친구였으니까. 걔들에게 변명하고 싶지도 않았고 싸우고 싶지도 않았어."

"대충 사과하고 거짓말하고 얼버무리고 대학 들어갈 때까지 버티면 되잖아."

"그러고 싶지 않았어. 그날 이후로는 절대로 그러고 싶지 않았어. 이해가 안 돼?"

"그래서?"

"학교 안 가고 안양역 근처를 돌아다니고 있었는데 오후에 우주선이 하늘에서 내려왔어."

"아자니야."

"그것도 이름이 있어? 그냥 우주선이라고 부르면 안 돼?"

"궤도에서 스테이션 역할을 하는 우주선이랑 작은 벌레 같은 우주선이 또 있대. 디트리히와 드뇌브라고. 완전히 다른 종이래."

"벌레 같은 건 나도 봤어. 난 로봇에 붙어사는 기생충 같은 거라고 생각했어."

"그래서 그다음엔?"

"달아났어. 그러다 휴대전화를 잃어버렸고. 집으로 돌아가려고 했는데, 로봇들이 길을 막았어. 그리고 자동차들이 살아 움직이기 시작했어. 기어다니는 작은 로봇들이 감염시킨 거야. 자동차뿐만 아니라 근처 모든 기계가 하나씩 살아 움직였어. 인간에 저항하는 기계 노예 반란 같았어. 저녁이 되자 근처 공사장과 군부대에서 중장비들이 모여들었고 안양역 중심으로 자동차를 쌓아 성을 지었어. 난 그 안에 갇혔어. 나 말고 살아 있는 사람은 스무 명 정도였던 거 같아. 할아버지 한 명은 로봇에게 왼쪽 다리가 잘렸는데 내 눈앞에서 계속 피를 흘리다 죽었어. 다음 날이 되자 나를 포함해 살아남은 사람은 여섯 명으로 줄

었어. 로봇들은 시체를 토막 내서 먹었어."

"뇌랑 신경을 일종의 전자 부품처럼 이용하는 거 같다더라. 저것들은 생명체와 기계를 구별하지 않는대. 우린 그냥 조금 더 복잡한 기계인 거지."

"나도 그렇게 생각했어. 저 웨인인지 쿠퍼인지 하는 로봇 중 일부는 사람 뇌를 달고 있을지도 몰라. 나랑 같이 안양역에 갇혔던 사람들이 지금은 저 탑을 쌓고 사람들을 죽이고 있는 걸까? 그렇다면 저것들은 사람이었던 때를 기억할까? 작동을 멈추었을 때는 꿈을 꿀까?"

"그래도 너는 살아남았네."

"지하상가에서 성 바깥으로 이어지는 통로를 찾았어. 하지만 나가 보니 성을 둘러싼 성이 또 있었어. 그 성을 벗어나는 출구를 찾으면 바깥에 성이 또 있었고. 로봇들이 안양을 바둑판 삼아 바둑을 두고 있는 거 같았어.

두 가지 생각이 들었어. 어떻게든 집으로 돌아가면 전에 무슨 일이 있었건 가족들이 나를 받아 줄 거라고. 동시에 다른 생각도 들었어. 내가 로봇들 사이에서 살아남을 수 있다면 굳이 돌아갈 필요가 없을지도 모른다고. 그전까지는 중요했던 대학, 취직 같은 건 이제 의미 없었어. 외계 로봇의 침략을 받았는데 그게 무슨 소용이야? 우리가 저 로봇들을 어떻게 이겨?"

"내가 지금까지 들은 것 중 가장 바보 같은 소리다. 무조건 집으로 돌아가야지. 그때는 그런 생각이 들었다고 쳐. 하지만 지금은 사정이 다르잖아. 나가는 게 어렵지도 않아. 그냥 저기 군인 아저씨들한테 데려다 달라고 해. 너 혹시 로봇에게 뇌가 감염됐니? 정말 그런 거야?"

"그럼 너는 왜 여기에 있는데?"

"내가 목사님 집 우등생 딸이니?"

민정은 한숨을 내쉬고 말을 이었다.

"네가 한 짓은 처음부터 끝까지 엉망이야. 일단 넌 그 카페 사람들을 믿어선 안 됐어. 사람들이 얼마나 끔찍해질 수 있는지 정말 몰랐던 거야? 게다가 넌 조예솔을 초등학교 때부터 알았다며. 걔가 어떤 애인지 몰랐을 수가 없잖아."

"조예솔의 다른 면을 봤다고 생각했어. 혹시나 했다고."

"미치겠네. 백인들 나오는 드라마 보고 예쁜 소리 좀 했다고 현실 세계에서도 참아 줄 만한 사람일 거라고 믿으면 어떡해? 걔들에게 너 같은 애들은 망상 속에서 가지고 노는 장난감일 때나 봐 줄 만해."

"이머진은 백인이 아니야. 엄마가 에티오피아 사람이야."

"아, 그래? 그런 것도 신경 써 주고 고맙기도 해라."

찬미는 눈을 가늘게 뜨고 민정을 바라보았다.

"너는 이머진이랑 좀 닮은 거 같아. 넌 다른 이름이 있니?"

"응."

"뭔데?"

"아마라 이스마엘."

"넌 민정보다는 아마라 같아."

3

안양에서 오래 살아남은 사람들은 대부분 비슷한 패턴으로 움직였다. 꾸준히 거주지를 옮겼다. 주변을 깨끗하게 관리했고 될 수 있는 한 조용히 지냈다. 로봇과 마주치면 정중하게 구석으로 물러나 경의를 표했다. 이곳에서 버티려면 로봇들을 두려워하고 존중해야 했다.

이 모든 규칙을 지켜도 로봇에게 토막 나 부품이 되는 사람이 없지는 않았다. 하지만 로봇들은 외부에서 들어온 시끄러운 침입자들을 부품으로 더 선호하는 편이었다. 그들은 십 대 중반에서 삼십 대 초반 정도의 남자들로, 일부는 직접 만든 무기로 무장하고 있었다. 절반 이상은 약탈과 같은 현실적인 목적 때문에 왔지만, 일부는 그냥 로봇들에게 대들고 싶어서 온 것 같았다. 찬미는 이해할 수 없었다. 지구인들은 외계 로봇의 적수가 되지 못했다. 그건 안양에 거주하는 군인들도 알고 있는 사실이었다.

군인들의 기지는 안양역 앞 현대코아에 있었다. 외환 위기 때부터 10년 넘게 방치된 짓다 만 폐건물이었다. 원칙대로라면 그들은 안양시의 모든 민간인을 쫓아내야 했다. 하지만 그럴 여유가 없었다. 외계 로봇들을 관찰하고 연구하는 전문가들을 보호하는 것만으로도 바빴다. 쓸데없이 소란을 피운다면 로봇들의 불필요한 관심을 끌지도 모른다.

찬미의 생활 패턴은 정해져 있었다. 한 아파트에서 일주일 동안만 머물렀고 새 아파트로 집을 옮기면 늘 그 집을 정리하고 청소했다. 찬미는 민정과 같이 다니면서도 이 패턴을 바꾸지 않았다. 민정은 겨우 일주일 머물 곳을 그렇게 꼼꼼하게 정리하는 게 이해되지 않았지만 말없이 청소를 거들었다. 백팩에서 꺼낸 신약성서를 깨끗하게 닦은 책상 위에 올려놓았을 때는 신음 소리가 새어 나오는 걸 막을 수 없었지만 찬미는 그런 민정을 무시했다.

처음부터 찬미와 같이 지낼 생각은 없었다. 그냥 '얼마 전부터 이상한 남자와 같이 다니는 것 같은 목사님 딸'이 무사한지만 확인하고 원래의 일상으로 돌아갈 생각이었다. 그 애가 지금까지 안양에서 잘 버텼다면 앞으로도 그럴 수 있을 것이다. 굳이 잘 모르는 애의 인생에 끼어들 이유는 없었다.

무엇보다 민정은 같은 학교를 다녔던 아이들과 얽히고 싶지 않았다. 찬미는 민정이 경멸하고 혐오하고 아마도 조금은 부러워했던 정상성을 대표하는 존재였다. 무난하게 예쁘고 적당히 인기 있고 그럭저럭 우등생이기까지 한 목사님 딸. 민정은 방

패처럼 갖고 다니던 펭귄 문고판 디킨스 소설들을 읽으면서 종종 책 너머로 비슷비슷한 친구들을 후광처럼 달고 다니던 찬미를 훔쳐보았다. 저런 평범한 삶이, 남편과 함께 동반자살한 광신도 엄마를 둔 외톨이 혼혈 고아가 아닌 삶이 어떤 건지 궁금해하며.

찬미의 고백이 모든 걸 바꾸어 놓았다. 민정은 그 애가 심각한 얼굴로 조예솔과 BBC 드라마에 대해 종알거리는 동안 터져 나오는 웃음을 참느라 장이 꼬일 지경이었다. 밖에선 난공불락의 성처럼 보였던 그 애의 정상성이라는 게 그렇게 헐겁고 연약했다니 어처구니없었다. 이 이야기를 그냥 버리고 갈 수는 없었다. 같이 지내면서 정상이라고 여겼던 그 애의 면모가 어떻게 형성되었으며 어떻게 변하는지 알고 싶었고 가능하다면 그 일부가 되고 싶었다.

찬미는 충분히 거절할 수 있었지만 조용히 민정을 받아들였다. 이유는 묻지 않았다. 그런 일을 겪었으니 겁이 났을 수도 있겠지. 아니면 정말로 내가 이머진 역 배우와 닮았고 자기는 포샤쯤 된다고 생각하는 걸까? 찬미에겐 이 모든 게 BBC 드라마 역할극인 걸까?

새 아파트에서 보낸 이틀 동안, 민정은 찬미의 노트북으로 〈이머진과 포샤〉 두 시즌을 연달아 보았다. 생각보다 재미있었다. 다리 달린 코브라처럼 생긴 괴물의 CG는 좀 엉망이었지만 연출이 좋고 짧게 지나가서 그런대로 봐줄 만했다. 민정이 자막 오역을 몇 개 지적하자 찬미는 곧장 수정했다.

2009년 12월 13일이 지나가는 동안 민정이 안양에서 무슨 일이 일어나고 있는지 눈치채지 못한 것도 그 때문이었다. 민정의 패턴은 헤드폰을 쓰고 이머진과 포샤가 서점 지하실에서 튀어나온 파란 요정들을 추적하는 걸 구경하는 동안 살짝 깨져 있었다.

민정이 평소의 루틴을 따랐다면 13일 오전 1시가 되기 직전에 현대코아 건물과 안양역에서 일어난 소란을 감지했을 것이다. 그리고 그 소란이 30분 만에 갑자기 중단되었고, 5분 뒤 서쪽으로 2킬로미터 떨어진 박달도서관에서 폭발 소리와 총소리가 들렸다는 것도 알아차렸을 것이다. 1시간 뒤 광명시 군부대에서 날아온 군사용 드론 두 대가 격추되는 것도, 10분 뒤 안양으로 진입을 시도하던 장갑차 두 대와 그 안에 있던 군인들이 폭파되고 해체되는 것도 직접 보았을지 모른다.

그리고 그 전날 오후 7시 17분, 안양역에 착륙한 우주선 한 대와 그 안에 있던 무언가가 이 모든 사건의 시작이었다는 것도.

4

군인들이 동료들의 시체를 바디백에 넣고, 밤에 로봇들이 막아 버린 길들을 대체할 출구를 찾고, 아직 EMP에 망가지지 않은 드론들로 박달도서관 근처에서 사라진 '그것'을 추적하는 동안, 찬미와 민정은 70년대 단독주택을 개조한 한식 전문점 마당의 장독대에서 묵은지를 꺼내 담고 있었다.

마트에서 가져온 참치 통조림과 콘플레이크로 세끼를 먹어도 아무 상관이 없었던 민정과는 달리 찬미는 하루라도 잘 못 먹는다면 비타민 결핍으로 죽어 버릴지 모른다는 공포에 시달렸다. 그 결과 안양시 미로 곳곳에 식재료를 보관하고 생산해 내는 방대한 네트워크가 만들어졌다. 창고들은 종종 약탈당했지만, 찬미는 부지런한 개미처럼 새 창고와 텃밭을 만들고 도시에서 찾을 수 있는 얼마 안 되는 제철 과일을 수집했다.

그 덕택에 찬미는 수돗물과 전기가 끊기지 않은 지역에 대한 지식이 민정보다 훨씬 많았다. 대신 민정은 찬미의 실용주의적인 집착이 닿지 않는 것들에 대해 알았다. 오래전부터 로봇들은 필요한 전기를 자체 생산해 내고 있고 지금 나오는 수돗물도 로봇들이 재활용한 증류수라는 것을. 찬미는 그 이야기를 듣자 "그래서 수돗물로 지은 밥은 맛이 별로였구나."라고 말했고, 그건 민정이 단 한 번도 생각해 본 적 없는 대답이었다.

묵직한 반찬통이 잔뜩 든 백팩을 짊어지고 나오던 민정은 놀이터 가로수에 등을 기대고 선 남자아이와 눈이 마주쳤다. 민정은 패딩점퍼 주머니 안으로 오른손을 밀어 넣어 가스총을 만지작거렸다. 원래부터 남자애들은 믿을 수 없었다. 기어코 담을 넘어 안양으로 기어들어 오는 녀석들은 더욱 그랬다.

남자애는 민정보다 서너 살쯤 어려 보였고 키는 찬미보다 조금 큰 정도였다. 뼈대가 굵고 통통한 체형에 동그란 머리는 벌써부터 숱이 없었다. 그리고 막 다시 터진 것 같은 허벅지 상처에서 흘러나온 피로 바지가 검게 젖어 가고 있었다.

남자애는 들고 있던 멍키스패너를 떨어뜨리고 두 팔을 힘없이 들어 올렸다.

"도와줘."

찬미와 민정은 시선을 교환했다. 민정은 주머니에서 가스총을, 찬미는 백팩에서 붕대를 꺼냈다.

"바지를 벗어."

남자애는 잠시 망설이다가 찬미의 명령에 복종했다. 허벅지에 3센티미터 정도의 깊은 상처가 나 있었다. 찬미는 능숙하게 상처를 물티슈와 알코올 스왑으로 닦아 내고 그 위에 순간접착제를 바른 뒤 반창고로 덮고 붕대로 묶었다. 온갖 물건들이 쏟아져 나오는 찬미의 백팩은 화수분 같았다. 붕대는 그렇다고 쳐. 도대체 순간접착제는 어디에 필요할 거라 생각하고 가지고 다니는 거야?

찬미와 민정은 남자애를 데리고 다시 식당으로 들어갔다. 남자애는 가정집으로 쓰이던 2층 옷장에서 예비군 군복 바지를 찾아 입고 밑단을 접어 올렸다. 그 애는 찬미가 백팩에서 꺼내 내민 솔의눈을 잠시 망설이며 바라보다 캔 뚜껑을 따고 연녹색 액체를 천천히 들이켰다.

"고마워."

남자애가 말했다. 어색하게 일그러진 표정을 보아하니 여자애들에게 이런 말을 하는 게 익숙지 않은 게 분명했다.

"알았으니 여기서 조금 더 쉬고 기운이 생기면 집으로 돌아가."

찬미가 말하자 남자애는 고개를 저었다.

"못 가. 길이 막혔어."

민정은 코웃음을 쳤다.

"사다리라도 빌려줄까?"

"어젯밤에 무슨 일이 일어났는지 모르는 거야? 지금은 아무도 못 나가! 군인들도 못 나간다고!"

남자애는 강둑이 터진 것처럼 욕을 쏟아 내기 시작했다. 그 어휘의 일부는 곱게 자란 목사 딸인 찬미와 학교에서 따돌림당해 19세기 영국 소설에 빠져 지낸 민정 모두에게 낯설기 짝이 없었지만 둘 다 굳이 뜻을 알고 싶다는 생각이 들지 않았다. 어차피 의미 있는 정보는 그 욕설의 폭포 뒤에 튀어나온 마지막 문장이 전부였다.

"'그것'이 아빠를 죽였어."

안양에 들어온 남자애 입에서 '아빠'라는 말이 이런 식으로 쓰일 거라고는 상상도 못 했다. 도대체 어떤 어른이 자기 아들을 이런 곳으로 데려온단 말이야?

남자애는 주머니에서 AA 건전지 굵기에 15센티미터 길이의 알루미늄 파이프를 꺼냈다. 파이프 옆에는 '메이드 인 베트남'이라는 검은 글자가 비뚤어진 각도로 인쇄되어 있었다.

"전투 로봇들이 허물을 벗고 있는 건 알아? 한 달 정도 됐는데?"

"알아. 개량된 새 부품으로 교체하고 옛날 건 떨어내는 거지."

"맞아. 복잡한 기계는 다른 곳에 재활용하지만 이런 건 그냥 버리거든? 그런데 이게 뭐냐면……."

아이는 파이프의 한쪽 끝에 베어링 볼을 두 개 넣고 창문을 겨냥했다. 휙휙 소리와 함께 창문에 작은 구멍 두 개가 뚫렸다.

"총이구나."

민정이 말했다.

"베어링 볼이 열세 개 들어가. 한 번 충전하면 200발 넘게 쏠 수 있어. 어떤 원리인지 몰라도 반동조차 없어. 이런 걸 얼마에 팔 수 있는지 알아?"

"그래서 이걸 주워 한몫 챙겨 보겠다고 네 아빠는 너를 여기로 데려온 거야?"

"응. 나랑 형."

"형은 어디에 있는데?"

"모르겠어, 모르겠어, 모르겠다고! '그것'이 죽였을지도 몰라! 난 그냥 혼자 달아났어!"

"도대체 네가 자꾸 말하는 '그것'이 뭔데?"

"정확히는 몰라. 하지만 로봇은 아니야."

"그걸 어떻게 확신하는데? 외계 로봇들은 온갖 모양이 다 있잖아!"

"모양은 달라도 비슷한 구석이 있잖아. 그건 완전히 달랐어. 그건, 그건, 그러니까……."

남자애는 울먹이며 간신히 말을 이었다.

"그건 외계인이야."

5

남자애 말이 맞았다. 라 루즈 호텔 옥상에서 내려다본 안양의 미로 성은 며칠 전과 전혀 다르게 움직이고 있었다. 현대코아 건물은 모든 층에 불이 들어와 있었고, 반대로 군인들과 과학자들이 거주하는 아파트는 전부 불이 꺼져 있었다. 전투 로봇들은 헤드라이트를 켜고 보통 때의 두 배 속도로 질주했다. 지금까지 안양시와 외부 세계를 연결했던 두 길은 모두 새로 쌓은 성벽으로 막혀 버렸다. 무언가 안 좋은 일이 일어났고 외계 로봇 집단과 인간 집단 모두가 여기에 반응하고 있었다.

오직 안양역 비행장에 한가하게 앉아 있는 우주선만이 평화로워 보였다.

민정이 쌍안경으로 안양시를 관찰하는 동안, 조금 진정한 남자애는 선베드에 앉아 찬미가 만든 김밥을 먹고 있었다. 찬미와 민정은 남자애에 대해 조금 더 알게 되었다. 이름은 남천규였고 한 살 위인 형의 이름은 남성규였다. 예상대로 형제의 아빠는 질이 안 좋은 사람이었다. 수상쩍은 일을 했고 종종 감옥에 갔다. 형제는 학교에 안 간 지 오래됐다. 형제의 엄마는 천규가 어렸을 때 가출해서 얼굴도 잘 기억나지 않았다.

우리가 신경 쓸 일이 아니야. 민정은 생각했다. 그냥 최대한 눈에 뜨이지 않게 아파트로 돌아가 바깥 상황이 진정될 때까지 조용히 있으면 돼. 킨들에 깔아 놓은 『미들마치』를 막 읽기 시작했기 때문에 며칠 동안 방구석에 박혀 숨죽이고 있는 건 생각만큼 어렵지 않았다.

하지만 지금 일어나고 있는 일은 무언가 다르다면? 지난 몇 개월 동안 민정이 안양시에서 간신히 쌓은 일상을 영원히 깨뜨릴 무언가라면?

천규는 '그것'이 로봇이 아닌 외계인이라고 했다. 끝끝내 형체를 정확히 설명하지는 못했지만 왜 그런 말을 하는지 알 것 같았다. 외계 로봇들은 생김새가 다 제각각이지만 레고로 만든 장난감들이 공유하는 것과 같은 가족 유사성이 있다. 저 애가 외계인이라고 하는 건 정말 그렇게 느껴지는 무언가였기 때문일 것이다. 단순한 금속 기계가 아니라 SF 영화 속 외계인을 연상시키는 무언가.

하지만 '그것'의 행동은 초광속 우주선을 타고 다니는 지적 존재치고는 괴상하지 않은가? 왜 뜬금없이 우주선을 타고 나타나 토착 동물들을 학살하다 갑자기 숨어 버린 거지? 외계 우주선이 안양에 처음 착륙하고 반년이 넘는 시간이 흘렀다. 만약 그때가 '그것'의 첫 방문이었다고 해도 반년은 지구에 대한 정보를 얻을 수 있는 충분한 시간이다. 이렇게 서툰 짐승처럼 행동할 이유가 없는 것이다.

다른 가능성도 있다. '그것'은 밀항자일 수도 있지 않을까? 로봇들이야말로 우주선의 진짜 주인이고 '그것'은 그냥 우주선에 몰래 숨어 여행하는 존재라면? 로봇 종족과 '그것'의 종족이 전쟁 중이고 '그것'이 로봇들에 맞서는 임무를 수행하는 중이라면? 그렇다면 지금의 상황이 더 그럴싸하게 설명되지 않을까?

만약 이게 사실이라면 앞으로 어떻게 될까. 더 많은 '그것들'이 올까? '그것들'은 그들만의 우주선도 갖고 있을까? 우린 〈스타워즈〉 시리즈에 나오는 이웍 종족처럼 아무 준비 없이 우주전쟁에 휩쓸릴 운명인 걸까?

민정은 찬미를 훔쳐보았다. 찬미는 백팩에서 꺼낸 노트를 펼쳐 볼펜으로 뭔가를 그리고 있었다. 날카롭고 가는 직선들이 종이 위에서 다양한 각도로 겹쳐지고 꺾어졌다. 천규의 목격담을 바탕으로 '그것'의 모양을 재구성하려는 시도였다. 한 가지는 분명했다. '그것'의 몸은 기괴할 정도로 가늘고 컸다. 그리고 강했다. 천규는 '그것'이 어른 남자 크기의 외계 로봇을 한 손으로 집어 던지는 걸 보았다고 했다.

찬미가 백팩 안에 노트를 집어넣고 일어나자 다른 두 명도 뒤를 따랐다. 그들은 낙서로 뒤덮인 비상계단을 타고 천천히 아래로 내려갔다. 추잡한 낙서에 대항하듯 형광 토끼 그림이 벽에 그려져 있었다. 민정은 랜턴 빛에 반짝이는 토끼 그림을 서른 개까지 세다가 포기했다. 저 형광 토끼들을 그린 화가는 지금 살아 있을까. 아닐 것 같았다.

호텔 문을 열고 나오는 순간 갑자기 날카로운 빛이 민정의 얼굴을 쏘았다. 왼쪽으로 두 발짝 걸음을 옮겼다. 기역 자로 꺾인 군용 랜턴을 까딱거리고 있는 최정호의 얼굴이 눈에 들어왔다.

민정은 안양 미로 성에 사는 사람들을 서른 명 정도 알고 있었다. 그중 열두 명은 금호아파트 노인정에 모여 사는 할머니들로, 이 끔찍한 상황 속에서도 신기할 정도로 재미있게 잘 살고 있었다. 로봇들은 이들을 건드리지 않았다. 이들의 몸은 부품으로 쓰기엔 너무 낡았고, 위협적인 행동을 하지 않아 안전해 보였기 때문인 듯했다. 심지어 로봇들이 그들을 보호하고 있는 것처럼 보일 때도 있었다. 민정은 외부에서 온 남자애 셋이 할머니들 앞에서 깐죽거리다가 로봇들에게 끌려가 조용히 썰려 나가는 걸 본 적 있었다. 그냥 그 애들이 시끄럽고 맛있어 보여서 그랬을지도 모른다. 하지만 민정의 눈엔 보호처럼 보였다.

찬미를 만나기 전까지, 노인정 할머니들을 제외한 나머지는 모두 남자들이었다. 대부분 중장년이었다. 절반은 안양역 부근에서 살던 노숙자들이었다. 모두 조용하고 말이 없었다. 그렇게 해야만 살아남아 이 버려진 도시가 제공하는 사치를 누릴 수 있다는 걸 알 만큼 똑똑했기 때문에. 덜 똑똑한 한 명은 어리석게도 한밤중에 민정이 머물던 바로 이 호텔 13층 방에 기어들어 왔다. 하지만 곧 호신용 전기충격기에 얼굴이 지져지고 왼팔에 칼을 맞은 채 비명을 지르며 방에서 쫓겨나 호텔 앞 화단에서 맥주를 마시고 있던 친구들 눈앞에서 로봇들에게 잡혀 토막 났다. 친구들 절반은 10분도 지나기 전에 로봇들에게 같은 꼴을 당했고 나머지는 크고 작은 신체 일부를 남기고 허겁지겁 안양을 떠났다.

최정호는 예외적인 존재였다. 약탈을 목적으로 외부에서 기어들어 온 수많은 남자애 중 하나였는데 신기할 정도로 오래 살아남았고 결국 안양에 정착했다. 새로운 무리가 안양에 들어올 때마다 안내인을 자처하며 그들을 선동할 만한 잘못된 정보를 알려 주고 사지로 몰아넣었다. 그러고는 로봇들이 이에 학살로 응하는 동안 잽싸게 자리를 피했다. 최정호가 얻는 건 별로 없었다. 그냥 그런 구경이 재미있었던 게 아니라면.

이번에도 최정호는 낯선 남자애들 여섯을 거느리고 있었다. 다들 조금씩 겁에 질린 표정이었다. 최정호는 보통 신참들이 이런 표정을 짓기 직전에 그들을 버렸다. 녀석의 루틴도 무언가에 의해 깨졌다는 뜻이었다.

"안녕, 최정호."

민정이 말했다.

"안녕, 한민정. 우리 이야기 좀 할까?"

최정호가 말했다.

"우리가 그럴 만큼 가까운 사이는 아니지 않니?"

"그렇긴 한데, 지금 상황이 안 좋다는 건 너도 알잖아. 힘을 합쳐야지."

"무슨 일인데?"

"안양에 외계인이 있어. 진짜 외계인. 깡통 로봇들 말고."

"그런 소문이 있긴 하더라."

"소문이 아니라 진짜야. 어제 직접 봤어. 지금 어디에 있는지도 알아."

"어디?"

"그렇게 멀지 않은 곳."

"잘됐네. 군인 아저씨들에게 알려."

"도대체 왜? 우리한테 뭐가 떨어진다고?"

"이 상황에서 뭔가를 꼭 챙기고 싶니?"

수사적 질문이었지만, 최정호 뒤의 남자애들이 일제히 고개를 끄덕였다.

"그 외계인, 힘이 좀 세긴 하더라."

최정호가 말을 이었다.

"하지만 어제는 준비가 안 되어서 그렇게 느꼈던 거고 지금은 다르지. 군인들이 알아차리기 전에 우리가 먼저 습격할 거야. 산 채로 잡기는 어렵겠지만 상관없어. 시체도 값이 꽤 나갈 테니까."

"너는 지금 우주전쟁을 시작하려는 거야."

"전쟁은 이미 반년 전에 시작된 게 아니었나?"

"그렇군. 행운을 빌어."

민정은 찬미의 손을 잡고 빠져나가려 했지만 남자애 셋이 길을 막았다.

"뭐?"

민정은 짜증을 최대한 억누르며 말했다.

"무기가 필요해. 쟤가 잔뜩 갖고 있어."

최정호가 천규를 가리켰다.

"그렇구나. 천규가 알아서 챙겨 줄 거야. 그럼 우린 이만……."

말을 끝내기도 전에 남자애들이 찬미와 민정을 덮쳤다. 배와

정강이를 걷어차고 두 팔을 뒤로 묶었다. 찬미가 비명을 지르는 동안 최정호는 덤덤하게 말했다.

"사냥을 하려면 미끼도 필요하거든."

6

한 시간의 행군 끝에 그들은 신시가지에 도착했다. 미로가 헐거워지고 갑자기 대로가 열렸다. 조금 더 걸으니 시청 건물이 나왔다. 시청 앞에 세워진 UFO 모양의 조형물이 가로등 빛을 받아 희미하게 반짝였다. 찬미는 늘 궁금했다. 왜 로봇들이 저 금속 덩어리를 재활용하지 않는지. 보기만큼 쓸모가 없나? 아니면 일종의 동질감을 느끼는 걸까?

찬미는 결박된 손목을 살짝 움직이며 끈의 재질을 가늠했다. 평범한 포장용 노끈이었다. 미끄럽고 헐거웠다. 각도만 제대로 나온다면 결박되기 전 백팩에서 꺼내 소매에 감추었던 등산용 칼로 충분히 끊을 수 있을 것 같았다.

군인들이 우리를 도와주러 올 수도 있지 않을까? 신시가지에 들어서기 직전에, 찬미는 군용 드론 하나가 하늘을 가로지르는 걸 보았다. 우릴 봤을지도 몰라. 지금 우리를 구하러 오고 있을지도 몰라. 아니, 저들에게 우리는 우선순위가 한참 바닥일 거야. 지금과 같은 상황이라면 더욱더. 하지만 또 모르지. 군인들이 쫓고 있는 게 그 외계인이고 그들도 위치를 확인했다면?

찬미는 민정의 옆얼굴을 훔쳐보았다. 겁에 질려 있었고 무엇보다 찬미 앞에서 무력한 꼴을 보인 걸 창피해하는 것 같았다. 가끔 시선이 마주쳤지만 대화할 틈이 없었다.

일행은 걸음을 멈추었다. 아무 개성도 찾을 수 없는 흔한 회색 아파트 건물 앞이었다. 남자애들 일곱 명이 앞을 지키고 있었다. 그들 뒤로는 지하주차장이 죽은 짐승처럼 입을 벌리고 있었다.

"들어가."

최정호가 외계 파이프 총으로 찬미의 등을 쿡 찌르며 말했다.

찬미는 고개를 돌려 천규의 얼굴을 힐끗 보았다. 그림자에 가려 표정을 읽기 어려웠다. 파이프를 꼭 쥐고 있는 두 손의 불안한 떨림만이 간신히 보였다. 얼마 전까지만 해도 쟤가 우리 편이라고 생각했는데. 지금도 그럴까.

최정호는 모욕적인 욕지거리를 쏟아부으며 찬미의 다리를 걷어찼다. 찬미는 민정을 따라 주차장 안으로 들어갔다. 등 뒤에서 조명등 두 개가 켜졌고 주차장 내부가 희미하게 밝아졌다.

이미 오래전에 로봇들이 자동차를 모두 가져갔는지 공간은 텅 비어 있었다. 대신 남자애 시체 두 구가 바닥에 엎어져 있었다. 시체 한 구의 등에서 흘러나온 검은 피가 운동화 바닥에 달라붙어 끈적거렸다.

"거기 서."

최정호가 말했다.

찬미는 신중히 주변을 둘러보았다. 처음에는 겹겹이 쌓인 종이 상자와 시멘트 블록 더미밖에 안 보였다. 하지만 시간이 흐르자 서서히 다른 존재가 느껴졌다. 시큼하고 낯선 체취를 풍기는 무언가.

최정호는 천천히 숫자를 셌다. 하나, 둘, 셋, 넷. 숫자가 늘어날수록 두려움과 불안에 떨며 찢어지는 다른 아이들의 목소리가 하나둘씩 추가되어 합창이 됐다. 스물셋, 스물넷, 스물다섯…….

그리고 '그것'이 화답하듯 시멘트 블록 더미 뒤에서 기어 나왔다.

3년 뒤 글래스고에서 재발견되었을 때 '그것'의 종족은 자코메티라는 이름으로 불렸다. 외계 로봇과 우주선에 붙은 예술가 이름에 동의하지 않는 사람들도 있었지만, 자코메티라는 이름에 대해서는 모두 수긍할 수밖에 없었다. 알베르토 자코메티의 조각상들은 '그것'의 모습을 예언한 것 같았다. 인간의 몸을 길게 잡아 늘인 것 같은 가늘고 긴 몸. 흑청색으로 반짝반짝 빛나는 울퉁불퉁한 피부. 민정은 그것의 눈 코 입을 구별하려 했지만 실패했다. 단지 좁은 어깨 위에 솟은 작은 머리의 각도로 시선을 간신히 짐작할 수 있을 뿐이었다.

"내가 사망의 음침한 골짜기로 다닐지라도 해를 두려워하지 않을 것은 주께서 나와 함께하심이라. 내가 사망의 음침한 골짜기로 다닐지라도 해를 두려워하지 않을 것은 주께서 나와 함께하심이라."

찬미는 기계적으로 시편 구절을 암송하며 민정의 손에 등산용 칼을 넘겨주었고 민정이 칼 손잡이를 잡자 조심스럽게 칼날을 끄집어냈다. 잠시 뒤 맥 빠질 정도로 쉽게 노끈이 끊겼다. 찬미는 자유로워진 손으로 민정의 손목을 묶고 있는 노끈도 잘랐고 백팩에서 전기충격기 두 개를 꺼내 하나를 민정에게 건넸다.

아직 이름이 붙지 않은 '그것'이 천천히 다가왔다. 이목구비가 보이지 않는 작은 머리를 가볍게 까닥거리며. 그리고 '그것'의 양쪽 손에 세 개씩 난 손가락 끝에서 금속성의 손톱이 자라나기 시작했다. 천규의 가족을 죽이고 천규의 허벅지에 상처를 내고 지금 주차장 바닥에 뒹굴고 있는 두 아이의 숨통을 끊은 바로 그 손톱이었다.

가볍게 윙윙거리는 소리가 들렸다. '그것'의 등 뒤에 작은 외계 벌레 한 마리가 떠 있었다. 지금까지 찬미는 벌레의 존재에 대해 그리 깊이 생각한 적이 없었다. 무시무시한 외계 로봇과는 달리 〈쉘부르의 우산〉 주연배우의 이름이 붙은 저 벌레는 까르띠에나 티파니의 보석 장신구처럼 아름답고 무해하고 안전했으며 단지 그뿐이었다. 하지만 지금은 완전히 달랐다. 벌레는 이 모든 것을 관찰하고 있었고 그것은 이 지하 공간에서 벌어지는 일 중 가장 중요한 것이었다.

일흔하나! 일흔둘! 일흔셋!

남자애들의 웃음 섞인 목소리가 점점 커졌다. 몇몇은 '그것'을 향해 파이프 총을 겨누고 있었지만 어느 누구도 공격할 준비가 되어 있지 않은 것처럼 보였다. 백이 될 때까지 기다리는 걸까? 아니면 그저 우리가 죽는 걸 보고 싶은 걸까? 찬미는 눈을 크게 뜨고 '그것'의 검은 얼굴을 응시했다. 어딘가에 있을 수도 있는 눈을 찾으며.

숫자는 여든하나에서 멈췄다. 뒤늦게 무언가를 알아챈 천규가 찢어지는 비명을 지르며 주차장 안쪽으로 뛰어든 것이다.

"형! 형! 형!"

바닥에 뒹구는 두 시체 중 어느 쪽이 성규인지 확인할 여유 따위는 없었다. '그것'의 주의가 흐트러진 순간 찬미와 민정은 약속이나 한 듯 '그것'을 지나쳐 계단을 향해 뛰었다. 문은 쇠사슬과 자물쇠로 잠겨 있었다. 둘은 아까까지만 해도 '그것'이 숨어 있던 시멘트 블록 더미 뒤로 몸을 던졌다.

곧 파이프 총이 쏘아 대는 베어링 볼이 주차장 사방에 튀었다. 총소리가 나고 사방이 번쩍였다. 찬미는 최정호의 자신감이 어디에서 왔는지 알 수 있었다. 어제 벌어진 소동 속에서 녀석은 진짜 총을 한 자루 이상 구할 수 있었던 것이다.

주변이 조용해졌다. 찬미와 민정은 시멘트 블록 위로 얼굴을 내밀었다. '그것'은 바닥에 쓰러져 꿈틀거리면서 웅웅 소리를 내고 있었다. 짐승의 울음보다는 첼로나 콘트라베이스와 같은 저음 현악기가 내는 소리에 가까웠다. 어깨와 팔, 다리에서 끈적거리는 액체가 흘러나왔고 손톱 하나가 동강 났다. 옆에는 천규의 시체가 천장을 바라보며 누워 있었다. 찬미와 민정이 있는 곳에서는 누가 그 애를 죽였는지 알 수 없었다.

최정호는 남자애들을 이끌고 천천히 주차장으로 내려왔다. 그것은 웅웅 소리를 짧게 질러 대며 팔을 휘둘렀다. 남자애들은 낄낄거리면서 파이프로 '그것'을 두들겨 팼다. '그것'은 손톱을 접고 몸을 웅크리더니 커다란 손으로 머리와 몸을 감쌌다.

"정말 별게 아니잖아! 아무것도 아닌 짐승 새끼가!"

최정호가 말했다.

짐승 새끼. 아이들은 깨달았다. '그것'은 지적 존재가 아니었다. 어쩌다 보니 인간과 비슷한 몸을 가져 직립보행을 하게 된 짐승이었다. 범선을 타고 전 세계로 퍼져 나갔던 쥐들처럼 이 짐승은 우주선을 타고 별들 사이를 오가며 번식하고 있었던 것이다. 그리고 이들은 앞으로 같은 우주선을 얻어 타고 우주로 진출할 지구인들과 끊임없이 얽히면서 수 세기 동안 수많은 오해와 공포를 자아낼 운명이었다.

찬미가 일어섰다. 그리고 민정이 막아서기도 전에 떨리는 목소리로 말했다.

"그만둬."

"뭘?"

최정호가 물었다.

"그만 패라고! 충분하잖아!"

남자애들은 어리둥절해 보였다. 좀 전까지 자기네들을 죽이려 했던 징그러운 외계 짐승에게 연민을 느낀다는 것은 그들의 사고 체계로는 도저히 이해가 안 되는 일이었다. 이해한다고 해도 겨우 그것 때문에 한참 물이 오른 폭행을 멈출 수는 없었다. 잠시 조용했던 애들은 찢어지는 목소리로 웃어 대면서 다시 파이프를 치켜들었다.

웃음소리가 비명으로 바뀌었다. 아이들의 주의가 잠시 흐트러진 틈을 타 '그것'이 가장 가까운 곳에 있던 아이의 가슴과 목을 손톱으로 그었던 것이다. 아이는 피를 분수처럼 쏟으며 휘청거리다 쓰러졌다. 최정호는 들고 있던 총의 총구를 '그것'의 머리에 대고 두 발을 쏘았다. 웅웅 소리가 뚝 끊겼고 그것은 조용히 바닥에 쓰러졌다.

"그만했다. 됐냐?"

최정호가 말했다.

찬미는 '그것'에게 달려갔다. 옆에서 뒹굴고 있는 새로운 시체는 눈에 들어오지도 않았다. 휴대전화 플래시를 켜고 갑자기 허망하게 죽어 버린 짐승의 몸을 살폈다. 찬미는 잠시 솟아오른 연민을 정당화해 줄 인간적인 무언가를, 그 막대기를 얼기설기 쌓아 놓은 것 같은 낯선 몸에서 찾아내고 싶었다.

대신 찬미는 다른 걸 깨달았다.

방금 전까지 사람들은 '그것'을 지적 존재로 착각했다. 인간과 비슷한 몸을 가졌고 직립보행을 했기 때문에. 그게 착각이라면 '그것'과 인간의 신체 기관이 서로 대응한다고 생각하는 것 또한 잘못된 판단일 수도 있는 것이다.

그러니까 조금 전에 어깨 위에 솟아 동그랗게 뭉쳐져 있다가 총알 두 방을 맞고 폭발한 것처럼 흐트러진 저 검푸른 섬유 다발이 '총에 맞은' 것도, 심지어 '머리'가 아닐 수도 있다는 말이지.

찬미는 주춤주춤 일어나 뒷걸음쳤다. 그 뒤에서 바짝 긴장한 채 기다리고 있던 민정도 사정을 눈치채고 찬미의 손을 잡아끌었다.

달아나느라 정신이 없던 두 아이는 '그것'이 갑자기 일어나는 것을, 양손에서 다시 손톱이 돋아나는 것을, 어깨 위에 난 수백 개의 시신경섬유들이 다시 동그랗게 뭉치는 것을, 그 작은 눈 수백 개가 만든 360도의 시야 안에 갇힌 남자애들이 질겁하며 도망치는 것을 보지 못했다.

주차장 밖으로 달려 나온 찬미와 민정은 허겁지겁 걸음을 멈추었다. 피 냄새를 맡고 몰려든 외계 로봇들이 톱니바퀴를 돌리며 주차장 앞에서 기다리고 있었다. 두 아이는 느린 걸음으로 습관적인 예를 갖추면서 뒤편으로 빠져나왔다. 둘은 운 좋게 '그것'을 피해 달아났지만 조심성이 없었던 남자애 한 명은 달리는 속도를 통제하지 못한 채 로봇 하나를 들이받았고 그 즉시 반토막이 났다. 가까스로 '그것'과 로봇들을 피해 달아난 남자애들의 비명소리가 사이렌처럼 서서히 멀어져 갔다.

그동안 꼭 쥐고 있던 찬미의 손을 놓고 주변을 둘러보던 민정은 주차장에서 기어 나와 꿈틀거리고 있는 최정호에게 다가갔다. 왼손이 잘려 나간 손목에서는 피가 꿀렁꿀렁 흘러나왔고 얼굴에는 이마부터 목까지 가로지르는 깊은 상처가 나 있었다.

"네가 왜 우릴 잡아 왔는지 알겠어."

민정이 말했다.

"넌 미끼가 필요한 게 아니었어. 저 외계인을 잡는 것에도 관심이 없었어. 그냥 여자애들이 죽는 걸 구경하고 싶었던 거야."

최정호는 입에 머금고 있던 피를 뱉어 내고 억지웃음을 지었다.

"그게…… 더…… 재미있으니까……."

민정은 최정호의 얼굴을 세게 걷어차고 찬미에게 돌아왔다. 닥스훈트 크기의 앙증맞은 로봇 두 대가 머리에 달린 작은 톱니바퀴를 돌리며 민정을 지나쳤다. 뒤에서 들리던 억지스러운 웃음소리는 곧 자지러지는 비명으로 바뀌었다.

그리고 외계 벌레는 5미터 높이에 떠서 그 모든 광경을 바라보고 있었다.

7

30분 뒤 '그것'은 주차장에서 나와 대로 한가운데에 주저앉았다. 진액이 흘러나오는 상처들을 손톱이 달린 세 손가락으로 번갈아 문지르며 낮게 웅웅 소리를 내는 그 짐승은 지금 안전해 보였다. 적어도 민정은 그렇게 생각했다. 천천히 하늘에서 내려와 '그것'의 어깨 주변을 평화롭게 맴도는 외계 벌레 때문에 더 그렇게 느껴졌는지도 모르겠다.

'그것'은 짐승이었다. 하지만 결코 어리석은 짐승이 아니었다. 민정과 찬미가 알 수 없었던 것은 '그것'의 기억이 어깨처럼 보였던 역삼각형 머리에서 흘러나오는 검은색 액체를 타고 동료와 자식들에게 전달된다는 것이었다. 우주선을 타고 은하계를 누비면서 수백, 수천의 상대를 만나 쌓은 생존자들의 경험이 '그것'의 몸 안에 누적되어 있었다. 죽은 척하기, 약한 척 엄살을 부리다가 적수를 방심시키기 같은 전술들 역시 조상에게서 물려받은 것이었다.

민정은 '그것' 곁으로 걸어가는 찬미를 말리지 않았다. 더 이상 '그것'에게는 폭력의 기운이 느껴지지 않았다. 민정은 엉거주춤한 자세로 우두커니 서서 찬미와 '그것'이 말없이 서로를 응시하는 모습을 바라보았다.

갑작스러운 불빛에 하늘이 밝아졌다. 얼마 전까지 안양역에 정박하고 있던 외계 우주선이 시청 쪽으로 날아오고 있었다.

민정은 숨이 막히는 것 같았다. 지금까지 안양에 살면서 우주선의 존재에 익숙해졌다고 생각했다. 하지만 쌍안경으로 멀리서 관찰하는 것과 가까이서 보는 것은 전혀 달랐다. 보석으로 장식한 가오리처럼 반짝이는 우주선은 압도적으로 아름다웠고 무엇보다 살아 있었다. 단순한 기계가 아니었다. 온몸에서 내뿜는, 방사능처럼 강렬한 의지가 느껴졌다.

우주선은 UFO 조형물 옆에 사뿐히 내려앉아 조용히 입을 벌렸다. 민정은 그 속을 엿보았다. 검은 막대기들을 엮어 만든 새둥지 비슷한 것이 구석에 놓여 있었다. '그것'은 느릿느릿 우주선 안으로 들어가더니 둥지 안에 몸을 접고 앉았다.

발소리가 들렸다. 찬미가 시청 청사로 달려가고 있었다. 처음엔 도망치는 줄 알고 민정도 따라 달아나려고 했다. 하지만 뒤돌아본 찬미가 손짓으로 민정을 막더니 시청 안으로 걸어 들어갔다.

민정은 천천히 우주선으로 다가가 표면을 만져 보았다. 건조한 듯하면서도 매끄럽고 탄력 있었다. 희미하게 반짝이는 내부는 짐승의 내장 같았다. 안의 모든 것이 둥글고 비대칭적이었다. 지구의 탈것에 있는 방과 같은 구조는 없었다. 외계 우주선을 직접 만져 보고 안을 들여다본 사람은 전세계에 수십 명밖에 안 되었다. 이제 민정은 그 운 좋은 소수 중 하나였다.

달그락거리는 소리가 들렸다. 어느새 찬미가 제법 큰 핑크색 쌤소나이트 캐리어 두 개를 끌고 오고 있었다. 짊어진 백팩도 이전보다 두툼해 보였다. 찬미의 창고는 시청 안에도 있었다.

민정 옆에 서서 겁에 잔뜩 질린 얼굴로 우주선 내부와 '그것'을 노려보던 찬미는 양 주먹을 꽉 쥐고 헛기침을 하더니 캐리어 하나를 잡아끌고 우주선 안을 향해 발을 뻗었다.

"미쳤니?"

민정이 찬미의 손을 붙들며 소리쳤다.

"뭐가?"

"너 지금 뭐 하는 거야?"

"네가 하라고 한 거. 안양을 떠나는 거야."

"누가 우주선을 타고 가래? 그냥 군인 아저씨들을 부르라고! 우주선이 여기 있으니까 군인들도 곧 여기로 올 거야. 그냥 기다리기만 하면 돼!"

"그건 바보짓이야. 집으로 돌아갈 수 없어. 난 무조건 앞으로 가야 해."

"넌 지금 죽으러 가는 거야. 저게 화성이나 수성 어딘가에 착륙해서 입을 벌리면 어떻게 할래?"

"그렇지 않아. 안에 저것이 있으니까."

찬미는 둥지 안의 '그것'을 가리켰다.

"저게 아직까지 살아 있다는 건 우주선이 배려하고 있다는 증거야. 모르겠어? 이건 지구와 같은 환경의 행성만 오가는 우주선이라고! 저것이 가는 곳이라면 인간도 갈 수 있어!"

"우주 병균에 감염돼서 죽을지도 몰라."

"어차피 지구에 있어도 감염되는 건 마찬가지야."

"저 괴물이 널 잡아먹을 거야."

찬미는 웃으며 고개를 저었다. 그리고 손가락으로 위를 가리켰다.

벌레들이었다. 처음엔 하나밖에 없던 벌레가 열 마리로 늘어 있었다. 그것들은 찬미와 민정의 머리 위를 후광처럼 맴돌았다.

"저 벌레들은 아까부터 우리를 보고 있었어. 벌레들이 우주선에 연락한 거라고. 저들은 우리를 원해. 우리가 우주선을 타고 지구를 떠나 저 머나먼 별들로 가길 바란다고. 우린 선택받은 거야."

"우리?"

"그래. 너도 선택받았어."

민정은 미쳐 버릴 것 같았다. 내가 지금 저 BBC 드라마에 빠진 미치광이랑 여기서 뭐 하고 있는 거지? 어떻게 머리가 돌아야 저런 생각이 가능한 거지? 이게 다 파란 요정이랑 다리 달린 코브라가 나오는 드라마 때문인가? 노인정 할머니들이 목사님 딸이 걱정되니 찾아봐 달라고 했을 때 그냥 무시했어야 했는데.

"거긴 아무것도 없을 거야! 먹을 것도, 비누도, 샴푸도, 치약도, 선크림도, 갈아입을 속옷도 없을 거라고!"

찬미는 어이가 없다는 듯 옆에 세워 둔 캐리어를 발로 툭툭 쳤다. 그건 기괴할 정도로 설득력 있는 제스처였다. 찬미의 캐리어라면 필요한 물건들이 영원히 솟아 나올 것 같았다.

그리고 그런 캐리어가 하나 더 있었다.

찬미는 두 번째 캐리어의 손잡이를 민정의 손에 쥐여 주고 조용히 끌어안았다.

"내가 준비한 기름을 너에게 나누어 주는 거야."

주춤하고 뒤로 물러난 민정은 찬미의 커다란 눈을 바라보았다. 종교와 관련된 것이라면 필사적으로 외면해 왔고 당연히 신약성서 따위에도 관심이 없던 터라 '기름' 어쩌고가 무슨 뜻인지 알 도리가 없었지만, 자신이 결국 저런 눈을 가진 사람에게 끌려다닐 운명이었다는 것은 알았다. 엄마가, 아빠가, 그리고 5년 전에 그들과 같이 죽은 그 정신 나간 사람들이 그랬던 것처럼.

찬미는 민정의 손을 잡아끌었다.

"따라와, 아마라 이스마엘."

그리고 둘은 벌레들과 함께 우주선 배 속으로 걸어 들어갔다.

기억의 기적

달리

달
리

환상문학웹진 거울 필진. 단편소설 「세 번째 도약」으로 제5회 황금드래곤문학상 본심에 올랐다. 단편소설 「끈벌레」 「검은새」 등을 썼다.

열다섯 살 수우는 할아버지 손을 잡고 횡단보도를 건너는 아홉 살 수우의 뒷모습을 보고 있다. 살아 움직이는 자신의 어릴 적 모습을 눈앞에서 보는 것은 이번이 처음이다. 이전에는 사진이나 영상 기록만 볼 수 있었다고 하지만 이젠 아니다. 누구나 원하는 시간대로 여행을 떠나 그 시절의 제 모습을 직접 볼 수 있다. 돈 걱정은 하지 않아도 된다. 가고 싶은 시간대의 기억에 대한 접근 권한만 승인해 주면 시간 여행 상품을 무료로 이용할 수 있기 때문이다. 이게 다 시간 여행사 '기억의 기적' 덕분에 가능해진 일이다. '기억의 기적'은 인간의 기억을 붓으로 삼아 모든 시간의 지도를 완성한다는 원대한 꿈을 현실로 옮겨 놓고 있는 비영리법인이다. 시간 여행이 처음인 수우는 긴장한 듯 굳은 표정으로 눈을 들어 정면을 응시한다.

아홉 살 수우는 횡단보도의 흰색 페인트를 징검다리 삼아 깡충거리며 길을 건너고 있다. 기분 좋은 발걸음이다. 흰 바탕에 빨간 줄무늬가 그려진 긴팔 티셔츠도 앙증맞다. 오른쪽 어깨에는 이날 수우가 할아버지에게 선물받은 수동 카메라 가방이 걸려 있다. 사진 찍기가 취미인 할아버지가 오랫동안 쓰던 것이라

어린 수우에게도 특별한 의미가 있는 선물이다. 몸집에 비해 꽤 큰 카메라 가방이 수우의 걸음에 맞추어 앞뒤로 흔들린다. 들뜬 수우의 마음이 횡단보도 맞은편까지 전해지는 듯하다. 그럴 만도 하다. 대학병원에서 일하는 할아버지는 이날 수우에게 새 친구를 소개해 주겠다며 한껏 기대감을 불어넣었다.

열다섯 살 수우가 아홉 살 수우의 뒤를 따라 한 발을 떼자 머릿속에서 삐빅 경고음이 울린다. 동시에 시야 정면에 은회색 흐릿한 메시지가 나타난다. '충돌 확률 75%'. 수우는 메시지를 확인한 뒤 조심스럽게 횡단보도에 들어선다. 충돌 확률 76%. 아홉 살 수우는 벌써 횡단보도 건너편에 다 와 간다. 신호등의 초록 신호가 깜빡이기 시작한다. 이쪽에서 한 발을 더 내딛자 충돌 확률이 또 올라간다. 77%. 이제 이 정도 간격만 유지하면서 따라가면 된다.

시간 여행에서 '충돌'이란 과거의 자기 자신과 마주치는 사건을 말한다. 시간 여행을 총괄하는 인공지능 마스터가 실시간으로 충돌 확률을 계산하는데, 90%가 넘어가면 여행은 자동으로 종료된다.

더 이상 가까워지지 않으려고 노력하며 수우는 자신의 과거를 뒤쫓는다. 과거를 뒤쫓는 미래라니. 낯선 경험이다. 그때 깜빡이던 초록 신호가 빨강으로 바뀐다. 곧이어 횡단보도 가까이에 있던 한 자동차의 운전자가 크게 경적을 울린다. 걸어가던 사람들이 하나둘 이쪽을 쳐다본다. 저만치 앞서가던 아홉 살의 수우도 옆으로 고개를 틀기 시작한다. 충돌 확률 79%. 83%. 삐빅. 삐빅. 충돌 방지 경고음이 점점 크고 빨라진다. 수우는 어떻게 해야 할지 알 수 없어 그 자리에 붙박인다. 곧 여러 자동차에서 경적이 더 크고 길게 겹쳐 울린다. 86%. 89%. 충돌 확률을 나타내는 숫자가 차츰 붉게 변해 간다. 92%.

삐—.

'여행을 종료합니다.'

*

"돌아오신 것을 환영합니다. 고객님, 첫 시간 여행은 어떠셨나요?"

단정한 복장의 홀로그램 직원이 친절하게 미소 지으며 물었다. 수우는 직원의 완벽한 미소에 소리 없이 감탄하며 둥그런 1인용 시간 여객기에서 몸을 일으켰다.

"굉장했어요. 모든 게 진짜 같았어요."

"진짜 같은 게 아니라 진짜입니다."

"아…… 맞다. 설명을 들었는데도 깜빡해서……."

"압니다. 이곳에서 일하다 보면 자주 겪는 일이지요. 그나저나 일찍 오셨네요."

"더 있으려고 했는데 실수로 그만……."

"네. 미처 예상치 못한 상황이 충돌 확률을 높였죠. 그것도 흔한 일입니다."

수우는 시간 여행을 떠나기 전에 직원으로부터 들었던 설명을 떠올렸다. 그가 가장 강조했던 것은 역시 충돌 방지에 관한 주의사항이었다. 자세한 원인은 밝혀지지 않았지만 초창기 시간 여행에서 충돌이 일어났을 때 '과거의 나'는 '미래의 나'를 즉시 알아보았다고 한다. 단 한 번의 예외도 없이. 그리고 충돌한 당사자는 양쪽 모두 교착 상태에 빠졌다. 과거는 오지 않는 미래를 찾아 헤매고, 미래는 바뀌어 버린 과거의 수렁에서 헤어 나오지 못했다. 결국 시간 여행자가 자신의 과거에 어떤 식으로든 개입하는 것을 막기 위해 지금과 같은 자동 충돌 방지 시스템이 도입되었다고 했다.

하지만 아직 해결되지 않은 의문이 남아 있었다.

"그런데 이렇게 갑자기 여행이 종료되면 주변에 있던 사람들이 제가 사라지는 걸 보게 되지 않나요?"

"그 점은 걱정하지 않으셔도 됩니다. 여행 종료 시 과거에 있던 고객님의 몸은 바로 사라지지 않습니다. 저희 시뮬레이터가 주변의 위험 요소를 빠짐없이 체크한 뒤 100% 안전한 곳으로 이동하여 회수하도록 프로그래밍되어 있습니다."

"난 이미 여기에 와 있는데요?"

직원은 다시 한번 흐트러짐 없는 미소를 지어 보였다.

"저희 기억의 기적에서 개발한 시간 여객기는 고객님의 완전한 복사본을 만들어 과거로 전송해 드리도록 설계되어 있습니다. 그러는 동안 원본은 현재에 남아 있고요. 혹시 모를 안전사고에 대비하기 위한 방식입니다. 예를 들어 조금 전 고객님이 과거의 횡단보도에서 차에 치였다 해도 현재의 몸에는 아무런 손상이 없습니다."

"그럼 그게 비디오 시뮬레이션 게임이랑 뭐가 달라요?"

"말씀드렸듯, 고객님이 다녀오신 과거는 '진짜'입니다. 비록 복사본이긴 하지만 고객님의 진짜 몸이 진짜 과거 시간대로 떠나는 것이기 때문에 가상으로 구축된 비디오 시뮬레이션과는 근본적으로 차이가 있지요."

귀찮게 질문을 너무 많이 하나 싶어 미안해진 수우가 슬쩍 곁눈질로 직원의 낯빛을 살펴보았지만, 홀로그램 직원은 전혀 개의치 않는 듯했다. 마음이 한결 가벼워진 수우가 이어서 물었다.

"그런데 왜 꼭 내 몸이어야 해요? 어차피 복사본을 전송할 거라면 내 몸 대신 완전히 새로운 아바타를 만들어 전송하는 게 더 안전하지 않을까요?"

"현재 기술로는 실현 불가능합니다. 저희 시간 여객기는 고객님의 자아와 신체에 관한 정보를 동시에 복제, 결합하는 방식으로 복사본을 제작하고 있기 때문입니다. 하지만 고객님이 제

안한 방식도 저희 쪽에서 진지하게 검토해 볼 만한 여지가 있군요."

뭐야, 생각보다 솔직하네. 수우는 홀로그램 직원에게 인간적인 호감마저 느꼈다.

"설명 고마워요. 혹시 여행을 한 번 더 다녀올 수 있나요?"

"네. 아직 사용 예약 시간이 남아 있으니까요. 하지만 방금 다녀오신 곳으로는 안 됩니다. 같은 시간대로 자주 방문하게 되면 기억의 안정성이 떨어집니다. 심한 경우 해당 시간대로의 여행이 영원히 불가능해질 수도 있습니다. 저희는 여행지의 안정적인 보존을 위해 같은 시간대로의 연속된 재방문은 더욱 철저히 관리하고 있습니다."

"그럼 조건에 맞는 여행지 중 좀 전에 다녀온 시간대와 가장 가까운 곳은 어디예요?"

"고객님의 1차 기억을 기준으로 하였을 때, 방문 가능한 다음 여행지는 2042년 4월 14일 12시 31분, 서울—다—21초등학교의 3학년 개인 최적화 교실입니다."

"열 살 때네요."

"맞습니다. 마침 그때가 고객님의 1차 기억 보존 상태가 비교적 좋은 시기라 쾌적한 여행이 가능할 것으로 예상됩니다. 해당 여행지로의 방문을 희망하신다면, 저희가 사전에 시간 여행 루트를 조성할 수 있도록 고객님의 2차 기억 정보를 활용하는 데에 동의하여 주시기 바랍니다. 2차 기억에는 고객님의 무의식에 담긴 정보도 포함되며, 수집되는 기억 구간은 여행지 좌표를 기준으로 전후 6개월, 총 1년입니다. 기억에 대한 접근을 승인하고 여행을 떠나시겠습니까?"

"좋아요. 그렇게 해 주세요."

"이용해 주셔서 감사합니다. 저희 '기억의 기적'은 고객님의 안전하고 즐거운 여행을 위하여 언제나 최선을 다하겠습니다. 그럼 지정된 시간 여객기에 탑승하여 주시기 바랍니다. 출발 전 점검이 완료되면 카운트다운을 시작합니다. 행복한 여행 되시기를 바랍니다."

"아, 그리고 하나 더요."

"네, 고객님. 무엇을 도와드릴까요?"

"다음부터 접근 권한 승인에 대한 설명은 생략해 주세요."

*

수우는 5년 전 자신의 모습을 보고 있다. 열 살 수우는 1층 교실 한가운데 덩그러니 놓인 책상에 고개를 묻은 채 엎드려 있고, 열다섯 살 수우는 건물 밖에서 그 모습을 바라보고 있다. 시야 정면에는 여전히 흐릿한 메시지로 충돌 확률이 표시되어 있다. 67%. 충돌 방지 경고음은 75%부터 울린다. 수우는 뒤돌아

운동장으로 향한다. 점심시간이다. 이날의 기억이 어슴푸레하게 살아난다. 하지만 기억은 더 이상 중요하지 않다. 진실이 눈 앞에 있기 때문이다.

예상대로 텅 빈 운동장 계단에 한 남자아이가 앉아 있다. 동갑내기 친구 민하다. 반갑지만 아는 티를 내서는 안 된다. 시간 여행에서 충돌 다음으로 조심해야 하는 것이 미래 정보 유출이다. 아니나 다를까 경고 메시지가 뜬다.

'시간 여행 중 과거인과 접촉 시 미래 정보가 유출되지 않도록 각별히 주의하여 주시기 바랍니다.'

이 메시지를 기점으로 마스터는 수우의 모든 대화 패턴을 정밀 분석하기 시작한다. 분석 결과 유출 위험도가 허용 기준을 넘으면 역시 여행은 자동 종료된다. 정말이지 철두철미한 시스템이라고 생각하며 수우는 살짝 혀를 내두른다.

수우는 열 살의 민하에게 한 걸음씩 다가간다. 민하는 텅 빈 운동장만 멍하니 바라보고 있다. 풀이 죽은 채로 몸을 말고 앉은 모습이 안쓰럽다. 가까이에서 보니 표정도 많이 시무룩하다. 그럴 만도 하다. 이날 수우와 민하는 서로에게 접근 금지를 통보받았다.

"안녕?"

난데없는 인사에 민하가 놀라 움찔한다. 그러곤 고개를 돌려 5년 뒤의 수우를 미심쩍다는 듯 올려다본다. 수우도 익히 알고 있는, 낯선 사람을 경계하는 눈빛이다. 수우는 짐짓 과장된 투로 너스레를 떨어 본다.

"미안, 갑자기 말 걸어서 놀랐지? 실은 나도 이 학교 다녔거든. 지나가다 생각나서 들러 봤는데 네가 너무 시무룩해 보이길래 혹시 도움이 될까 해서……. 괜찮아? 고민 같은 거 있으면 말해 봐. 들어 줄게."

그 말에 민하의 경계심이 조금씩 옅어지는 게 느껴진다. 하지만 아직 마음 놓기는 이르다. 민하의 얼굴은 여전히 힘없이 그늘져 있다.

"응."

짧은 대답과 함께 다시 고개를 숙이는 몸짓이 연극 무대 위 노련한 배우 못지않다고 수우는 생각한다. 순도 100%의 슬픔이 민하의 얼굴을 가득 메우고 있지만, 왠지 수우는 그 모습이 썩 미덥지 않다.

"무슨 일 있었어? 표정이 안 좋아 보이네."

"수우랑 싸웠어."

"친구 이름이 수우야? 특이하다. 그런데 친구랑 싸운 게 그렇게 슬픈 일인가?"

수우는 짐짓 별일 아니라는 듯 양손을 들어 올리며 어깨를 으쓱인다.

"형아는 말해도 몰라. 수우랑 내가 어떤 사인지."

"어떤 사인데?"

"친한 사이."

"친한 사이? 그게 다야?"

"왜? 뭐가 이상해?"

아니 이상할 건 없지만, 하고 대꾸하려다 말고 수우는 생각한다. 지금 눈앞에 있는 건 5년 전의 민하다. 더 친절하고 섬세하게 다가갈 필요가 있다.

"아아…… 아냐! 그러니까 둘이 어엄청 특별한 사이구나?"

"응! 작년에 처음 봤을 때부터 맨날 같이 다녔어! 거의 1년 내내."

민하가 달뜬 표정으로 말들을 주워섬기는 동안 수우는 잠깐 생각한다. 열 살 때 민하는 이런 아이였구나. 익숙하면서도 낯설다. 수우는 자신이 누구보다도 민하를 잘 알고 있다고 믿었다. 가끔은 자기가 아는 모습이 민하의 전부라고도 생각했던 것 같다. 문득 기억 속 민하가 아득히 멀게 느껴진다.

"그렇구나. 그런데 어쩌다가 싸웠어?"

"수우가 나를 놀려서."

간단하네. 수우는 허탈한 웃음이 나오려는 걸 겨우 참아 낸다. 항상 이런 식이었지. 자기 잘못은 쏙 빼놓고. 모든 게 전부 내 탓인 양.

민하가 말을 잇는다.

"수우가 나를 괴물이라고 놀렸어. 내가 하지 말라고 하니까 듣기 싫으면 나 혼자 놀라고 그랬어."

"그래서 넌 어떻게 했어?"

"선생님한테 일렀어."

"그랬더니?"

"우리 둘이 같이 다니지 말래. 접근 금지래. 그래서 수우는 지금 최적화 교실에 혼자 있어. 거기 무서운데."

그 말을 하면서 민하는 금방이라도 눈물을 쏟을 것처럼 울먹거린다. 그런 민하가 얄미우면서도 가엽게 느껴진다. 이어서 어색한 안도감이 찾아온다. 수우는 생각한다. 민하가 그래도 날 걱정하긴 했구나. 하긴. 말이 최적화 교실이지, 나 그때 진짜 무서웠거든.

5년 전 그날, 수우는 처음으로 개인 최적화 교실에 갔었다. 최적화 교실은 기계식 첨단 장비로 학생의 상태를 정밀 분석하여 맞춤형 솔루션을 제공하기 위한 용도로 설치된 특별실이었다. 담임 선생님은 그저 친구와 잘 지내기 위해 스스로 돌아볼 시간을 갖는 것뿐이라고 했다. 왜 그래야 하냐고 묻는 수우에게 선생님은 인자하게 웃으며 대답했다. 수우는 민하랑 너무 자주 다투잖아.

그렇게 들어간 교실에는 책상 하나, 의자 하나가 놓여 있었고 복잡한 전선과 알 수 없는 기계장치들이 그 주변을 둘러싸고 있었다. 스피커를 타고 흘러나오는 지시에 따라 자리에 앉아 책상 위에 두 손바닥을 펴서 올렸다. 그 순간 정면의 스크린에 수우의 내면을 분석한 결과가 나타났다. 결과 화면에는 민하 이름이 자주 나왔고, 그만큼은 아니지만 다른 친구들 이름도 몇 번 나왔으며, 미움, 분노, 시기 같은 단어들도 스치듯 지나갔다. 그중 최종적으로 수우의 마음에 새겨진 단어는 '부적합'이었다. 왜 하필 그 말만 사진처럼 뇌리에 박혔는지는 수우도 모를 일이었다.

부적합. 부적합. 그때는 그게 정확히 무슨 뜻인지도 몰랐는데. 단지 부적합하다는 그 말이 수우를 오랫동안 기다려 왔고, 수우도 그 말을 오랫동안, 어쩌면 태어나기도 전부터 찾아 헤맸던 것 같은 기분이 어렴풋이 들었다. 이를테면 자신을 설명할 수 있는 단 하나의 완벽한 표현을 드디어 찾아낸 것처럼. 나는 부적합한 아이야, 라고 수우는 자신에게 최적화되었다는 그 교실에서 몇 번을 되뇌었던 것 같다.

잠시 뜸을 들이던 수우는 곧 민하의 등을 가볍게 토닥여 주며 말한다.

"괜찮아. 너희 곧 화해할 거야."

그 말과 동시에 수우의 시야에 경고 메시지가 뜬다.

'미래 정보 유출의 위험이 있는 표현입니다.'

수우는 말을 다듬는다.

“그러니까 내 말은, 정말 좋은 친구라면 작은 다툼쯤은 얼마든지 이겨 낼 수 있다는 거야.”

“정말 그럴까?”

또 나왔다. 저 연극적인 표정과 천진한 말투. 수우는 마음 한구석에서 알 수 없는 울화가 울컥 치밀어 오르는 것을 느낀다. 수우의 속마음을 알 리 없는 민하가 태연하게 묻는다.

“그런데 형아는 누구야?”

“나? 난…….”

예상치 못한 질문에 당황한 수우가 급한 대로 둘러댄다.

“수우네 형이야.”

“응? 수우 형 없는데? 그리고 아까는 수우 이름도 몰랐으면서. 근데 좀 닮은 것 같기도 하고. 이상하네.”

삐빅.

‘미래 정보 유출의 위험이 발생하였습니다.’

“민하야. 내 이름은 다음에 알려 줄게. 이제 가 봐야 해서.”

“형아, 그런데 내 이름은 어떻게 알았어?”

수우의 가슴이 덜컥 내려앉는다. 동시에 귓속에서 익숙한 경고음이 길게 울린다. 살아날 가망이 없는 환자의 심전도 측정음처럼.

삐—.

‘여행을 종료합니다.’

*

"한 번만 더 갈게요."

"가능합니다. 아직 예약 시간이……."

"곧바로 다음 여행지로 보내 주세요. 민하를 만날 수 있는, 가장 멀고 안전한 과거로."

"고객님의 1차 기억을 기준으로 하였을 때, 방문 가능한 다음 여행지는 2043년 8월 8일 22시 8분, 민하 씨의 집 옥상입니다. 좁은 공간으로 곧장 진입할 경우 당사자와 충돌할 위험이 있으므로 여행 시작 지점을 옆 건물 옥상으로 조정합니다. 해당 여행지로의 방문을 희망하신다면……."

"희망하고, 동의해요."

"……이용해 주셔서 감사합니다. 행복한 여행 되시기를 바랍니다."

*

열한 살의 수우와 민하가 늦은 밤 한 단층 주택의 옥상에 나와 있다. 널따란 평상 위에 둘이 대자로 누워 나지막이 두런거리는 소리가 시원한 밤공기를 타고 옆 건물 옥상으로 날아온다. 열다섯 살의 수우는 둘의 시야에 닿지 않는 쪽 벽에 기대선 채로 가만히 귀를 기울인다.

"누가 시비 걸면 말해. 내가 막아 줄게. 알았지?"

열한 살 수우의 말에 민하가 기분 좋게 웃는다.

"알았어. 너도 무슨 일 있으면 말해. 우리 서로 지켜 주자."

"당연하지. 친구니까."

"응. 우리끼리 서운한 일 있을 때도 꼭 말해야 해. 친구끼리는 솔직해야 하니까."

"난 서운한 거 없어."

"나도."

둘 사이에 잠깐 침묵이 흐른다. 어색한 둘의 시선을 따라 열다섯 살의 수우는 밤하늘을 올려다본다. 별빛이 희미하게 일렁인다. 곧이어 민하의 목소리가 들려온다.

"그런데 우리는 왜 이렇게 자주 싸울까?"

이날 민하는 하고 싶은 말이 따로 있었던 것 같다. 어쩌면 그 말을 하기 위해 부모님을 설득해서 수우를 초대한 것일지도 모른다. 열다섯 살의 수우는 그때 그 말을 피하고 싶었던 기억이 어렴풋이 떠오른다.

"그냥 뭐, 그때그때 성격이 맞았다가 안 맞았다가 하니까 그런 거 아닐까?"

"난 너 성격 좋은데."

“나도 네 성격 좋아.”

“그런데도 우린 맨날 싸우잖아.”

“…….”

열한 살 수우의 이번 침묵에는 말보다 많은 의미가 담겨 있고, 열다섯 살 수우는 그 의미를 예민하게 감지해 낸다. 수우는 어딘가 불길한 예감이 맞아 들어가던 이 순간의 느낌을 기억하고 있다. ‘차라리 오지 말걸.’ 하며 마음속으로 민하를 저만치 밀어내던 기억. 어쩌면 이 여행의 시작점이라 할 수 있을 죄책감의 작은 조각들이다.

민하는 천천히 몸을 일으켜 앉으며 말한다.

“난 네가 다른 친구들하고 놀 때 나를 놀리지 않았으면 좋겠어.”

“응.”

“다른 친구랑 놀지 말라는 건 아니야. 그냥 나를 놀리지만 않으면…….”

“알았어. 안 놀릴게.”

이러니까 네가 나 말곤 친구가 없는 거야, 라는 말은 하지 않는다. 다행이라고 해야 할까. 열다섯 살의 수우는 불안한 마음으로 둘을 계속 주시한다. 과거의 자신이 툭툭 내뱉는 짧은 대답들이 그대로 날아와 비수처럼 가슴에 꽂히는 것만 같다.

“그것만 아니면 우리가 싸울 일은 없을 거야.”

"알았어."

차라리 이날 수우도 마음속에 있는 이야기를 솔직하게 털어놨다면 어땠을까. 그래서 둘 사이에 더 길고 진솔한 대화가 이어졌다면. 열다섯 수우의 마음에 뒤늦게 진한 아쉬움이 남는다. 그 아쉬움에 마침표를 찍듯, 민하의 목소리가 밤공기를 울린다.

"나도 더 노력할게."

그 말에 누워 있던 수우가 단숨에 자리를 털고 일어난다.

"알았다니까. 이제 들어가자. 재미도 없다. 잠이나 잘래."

먼저 등을 보이는 수우와 힘없이 따라 들어가는 민하를 4년 뒤의 수우가 말없이 지켜본다. 비어 버린 평상 위를 어루만지듯 한참 눈에 담는다. 그러는 동안 얼마나 되었는지도 알 수 없는 시간이 고요하게 흘러간다. 마침내 시간 여행 종료를 알리는 공허한 메시지가 귀를 두드리자 수우의 입에서 참았던 한숨이 터져 나온다.

*

1년 전, 열네 살의 겨울에 민하는 예고 없이 수우를 떠났다. 담임 선생님은 민하가 초등학교 때부터 꾸준히 병원 치료와 최적화 교실 분석을 병행해 왔고, 특히 올해 초 외국에서 받은 검사 결과 수술에 부적합하다는 판정을 받은 뒤로 최근까지 많이 힘들어했다고 덤덤히 말했다. 수우도 어느 정도 짐작은 했지만, 민하가 먼저 자세한 이야기를 한 적이 없어서 심각하게 생각하지는 않았다. 최근 민하가 힘들어하는 낌새도 수우는 알아채지 못했다. 그도 그럴 것이 둘은 그 겨울의 초입부터 대화는커녕 인사도 제대로 나눈 적 없을 정도로 서먹해져 있었다. 다만 그러는 동안에도 수우는 왠지 모르게 민하를 계속 신경 썼고, 아마 민하도 그럴 거라 생각했다.

교실에 있던 누군가가 선생님에게 물었다. 민하가 무슨 일로 최적화 교실에서 분석을 받았나요? 그 질문에 친구 관계라는 건조한 답변이 돌아왔다. 수우는 고개를 들 수 없었고, 그럼에도 자신과 민하의 관계를 아는 오랜 친구들의 시선이 제게로 쏠리는 것을 느낄 수 있었다. 선생님의 말이 이어졌다.

"사실 분석 결과에는 이미 한참 전부터 민하 상태가 좋지 않은 걸로 나왔어요. 그것 때문에 곧 관련 학생 심층 상담이 진행될 예정이었죠. 그런데 민하가 떠났고, 분석 기록을 전부 비공개로 처리해 달라고 요청하는 바람에 정확한 사정을 알 수 없게 됐습니다. 걱정할 만큼 심각한 일은 아니라고 했는데 결국 이렇게 됐네요."

수우는 생각했다. 민하는 최적화 교실에서 무슨 이야기를 했을까. 정말로 나 때문에 떠났을까. 내가 그 정도로 민하를 괴롭게 했을까. 오랜 고민 끝에 내린 결론은 '그렇지 않다'였다. 간혹 친구들 앞에서 민하를 놀리곤 했던 건 어색함을 풀어 주기 위한 장난이었다. 친구들은 민하에게 편견을 가지고 있으니까. 민하도 우리처럼 평범한 아이라는 걸 보여 주고 싶었다. 민하도 수우의 마음을 아는지 짓궂은 농담에 곧잘 웃음으로 화답해 주곤 했다. 그러니까 둘은 친구였다. 가해자와 피해자가 아니라, 단둘이 있을 때 누구보다도 믿고 의지했던 친구. 비록 마지막에 좀 삐걱대긴 했지만 그래도 수우에게 민하는 특별했다. 민하에게도 수우는 남다른 의미였을 것이다.

민하와 멀어지기 전에 친구들은 종종 수우에게 대단하다고 말했다.

"민하랑 다니기 안 불편해?"

"대단해. 나는 민하가 가까이 오면 좀 그렇던데."

"수우 같은 친구가 있는 게 민하에게는 정말 잘된 일이야."

"가만 보면 수우는 정말 편견이 없는 것 같아. 수우처럼 하는 게 맞지."

그럴 때 수우는 조금 어깨가 으쓱한 것도 같았다.

"그러지 마. 민하도 사람이야. 내 친구고."

단호하게 말하면서도 정작 친구들과 놀 때는 민하를 끼워 주지 않았다. 다른 친구들이 불편해하니까, 노는 스타일이 다르니까, 민하도 굳이 끼고 싶어 하지 않으니까, 그냥 내가 따로 한 번 더 놀아 주면 되니까, 우리 둘이 함께 있을 시간은 많으니까, 무엇보다 난 민하를 지켜 주기로 했으니까. 수우는 그게 민하를 위해서도 좋다고 생각했다.

그러나 민하가 떠나고 모든 게 바뀌었다.

"솔직히 수우 너, 예전부터 우리가 민하랑 놀려고 하면 싫어했잖아."

"우리 앞에서 민하 왜 놀렸어? 난 솔직히 불편했어."

"맞아. 민하도 웃는 게 웃는 게 아니었어."

"수우는 민하를 장신구처럼 대했던 것 같아."

"솔직히 민하가 힘들어했던 게 누구 때문이겠어?"

친구들은 '솔직히'라는 말을 유독 강조하면서 수우에게도 솔직해질 것을 요구했다. 그래, 솔직히 말하자면 수우의 귀에는 친구들의 말이 하나도 솔직하게 들리지 않았다. 다 가짜라고, 자신과 다른 사람을 한꺼번에 속이려는 뻔한 수작이라고, 각자가 지닌 죄책감의 무게를 덜고 편해지기 위해 나를 이용하는 것뿐이라고. 그게 수우의 솔직한 생각이었다.

한편으로 수우는 민하의 빈자리를 볼 때마다 생각했다. 내가 정말 그랬나. 민하는 걸치고 다니면 나를 돋보이게 해 주는 장신구에 불과했을까. 그래서 낡은 장신구가 버려지듯, 민하도 나에게 버림받은 걸까. 다른 사람 눈에는 우리가 정말 그런 관계로밖에 안 보였을까. 수우는 민하와 함께 있을 때 자신의 모습이 어땠는지 새삼 궁금해졌다. 기억 속 변질되고 미화된 모습이 아니라 진짜 자기 모습을 직시하고 싶었다. 그게 수우가 시간 여행사 '기억의 기적'의 문을 두드린 이유였다.

*

열두 살의 어느 가을날, 수우와 민하는 수변공원 쪽으로 난 오솔길을 걸으며 울긋불긋한 나뭇잎을 밟고 있다. 마른 나뭇잎이 바스러지며 나는 소리가 재미있다. 열다섯 살의 수우는 바로 옆의 잔디를 가로질러 난 샛길을 따라 걸으며 두 사람을 주시한다. 일정한 간격으로 늘어선 가로수가 그때그때 맞춤한 가림막이 되어 준다. 이제 과거의 자신과 안전거리를 유지하는 것쯤은 일도 아니다.

열두 살 수우가 무심한 물음을 던진다.

"넌 왜 나랑만 놀아?"

"너는 왜 나랑 노는데?"

"너는 나 아니면 놀 사람 없잖아."

"그게 네가 나랑 노는 이유야? 내가 놀 사람이 없어서? 놀아 주려고?"

"그런 말이 아니잖아. 나도 너랑 노는 거 재미있어. 근데 난 다른 친구랑도 노는데 너는 나랑만 노니까. 심심하지 않아?"

민하가 고개를 들어 수우를 본다. 민하의 얼굴에 장난스러운 웃음이 걸려 있다. 그 모습을 본 수우가 나뭇잎으로 시선을 옮긴다. 수우는 그 웃음을 별로 좋아하지 않는다. 저런 얼굴에 저런 웃음이라니. 수우의 생각을 아는지 모르는지, 민하는 그대로 입가에 미소를 건 채 말한다.

"하나도 안 심심해. 나는 너랑 이렇게 놀 때가 제일 즐거워."

"나도 대단하지만 너도 참 대단하다."

"뭐가? 우리가 뭐가 대단한데?"

또 시작이다. 별 뜻 없이 한 말 가지고 꼬치꼬치 캐묻는 저 버릇. 수우는 대답 대신 멀리 고개를 돌린다.

"어? 보라다!"

수우의 표정이 반가움으로 물든다. 저만치 앞에서 보라가 걸어오고 있다. 몇 걸음 뒤에는 보라 부모님도 보인다. 보라도 이내 두 친구를 알아보고는 크게 손을 흔든다. 어느새 다가온 보라네 엄마가 친절하게 인사를 건넨다.

"수우 안녕? 민하랑 같이 있었구나."

"안녕하세요."

인사하고 보니 민하의 낯빛이 조금 전보다 약간 어두워져 있다. 하지만 열두 살의 수우는 그 미세한 변화를 알아차리지 못한다. 아니, 어쩌면 알아차렸으면서 모른 척하고 싶었는지도 모른다. 보라가 말한다.

"여기서 뭐 해?"

"그냥. 민하가 여기 오고 싶다고 해서. 얘기하고 있었어."

"역시 그럴 줄 알았어. 참, 이번 주 토요일 세 시에 우리 집에서 친구들이랑 영화 보고 놀기로 했는데 올 수 있어? 재미있을 거야. 집에 대형 시네마룸이 있거든."

"우아! 좋아, 당연히 가야지!“

"민하는?"

수우는 잠깐 동안 그 말의 의미를 헤아려 본다. 민하도 같이 오라는 말일까, 아니면 민하는 혼자 놔두고 너만 올 수 있겠냐는 말일까. 수우는 곁눈질로 민하의 눈치를 살핀다. 민하는 묵묵부답이다. 보라도, 보라 부모님도 말이 없다. 모두 수우의 대답만 기다리고 있다.

"걱정 마. 아기도 아닌데 뭘. 너 설마 민하 얼굴만 보고 아기 취급하는 건 아니지?"

한껏 너스레를 떠는 수우의 모습에 보라가 소리 내어 웃는다.

"그래서, 올 거야?"

수우는 다시 한번 민하의 표정을 살핀다. 민하와 선약이 있던 건 아니다. 하지만 둘은 주말이면 으레 함께 시간을 보냈다. 친구들도 그 사실을 알고 있어서 웬만하면 주말에 수우를 불러내지 않는다. 물론 지금까지 그래 왔다고 해서 앞으로도 그러라는 법은 없다.

"난 괜찮아. 가서 놀아."

민하는 수우가 눈치를 본 게 무안할 정도로 해사하게 웃으며 말한다. 조금 당황한 수우는 과장된 몸짓과 웃음을 섞어 가며 익살을 부린다.

"이거 봐. 너흰 내가 민하랑 놀아 주는 줄 알지? 민하가 나를 데리고 노는 거라니까. 민하 절대 만만한 애 아니야. 겪어 보면 놀랄걸? 하하."

"그럼 약속한 거다?"

"응."

보라네 가족이 떠나자 둘 사이에 어색한 침묵이 맴돈다. 보라 앞에서 한껏 상기되어 있던 수우의 모습은 놀란 달팽이 더듬이처럼 쏙 들어가 버렸다. 한참 만에 민하가 어렵사리 먼저 말을 꺼낸다.

"나 진짜 괜찮아."

"응. 근데 내가 왜 너한테 허락을 받는 것 같냐."

"그러게. 그럴 필요 없는데."

순간 울컥한 수우가 민하를 향해 돌아선다.

"가만 보면 넌 참 속 편하게 사는 것 같아."

"나, 편하지 않아."

"그거 알아? 사람들 네 눈치 엄청 보고 살아. 너 하나 때문에. 너의 그……."

"나의 뭐?"

"됐어. 말해 봤자 뭐 해. 나도 네 눈치 많이 본다는 것만 알아 둬."

이번엔 민하가 오랫동안 삭은 감정을 토해 낸다.

"나도 사람들 눈치 많이 봐. 나를 향한 사람들의 눈빛, 표정, 말투 하나하나 엄청 신경 쓰면서 살아. 특히 수우 네 눈치를 제일 많이 봐. 그럼 너도 내 눈치 좀 볼 수 있는 거 아냐?"

"……."

"우리 친구잖아. 친구끼리 눈치 보고 서로 맞춰 주는 게 그렇게 이상한 일이야?"

"……."

"그것도 아니면, 내 눈치를 봐야만 하는 다른 특별한 이유라도 있어? 아까 말하려다 만 건 도대체 뭔데?"

수우는 깊은 한숨과 함께 민하에게 등을 돌린다. 수우의 얼굴에 체념한 빛이 어린다.

"마음대로 생각해. 나 간다."

*

열세 살이란 나이에 상징적으로 마침표를 찍는 초등학교 졸업식 날, 수우와 민하는 같은 공간에 있지만 함께 있지는 않다. 열다섯 살 수우는 이날을 똑똑히 기억하고 있다. 민하와 한 약속이 지켜지지 않았기 때문이다.

둘은 이날 함께 사진을 찍기로 한참 전부터 약속했었다. 친구끼리 사진 한 장 찍는데 따로 약속까지 잡은 것은 두 사람 사이에 수년째 이어져 온 암묵적인 규칙 때문이었다. 민하는 가족 이외의 사람과는 절대로 사진을 찍지 않았는데, 수우와 1년에 한 번 찍는 사진만큼은 예외였다. 둘은 처음 만난 날 이후 해마다 가장 뜻깊은 날 하루를 정해 둘만의 우정 사진을 남겼다. 수우가 할아버지에게 선물받은 소중한 카메라로.

졸업식은 12월 31일이었다. 길었던 초등학교 생활의 피날레가 그해 마지막 날이라는 게 왠지 더 극적인 우연처럼 느껴졌다. 올해의 우정 사진은 졸업식장에서 찍자고 먼저 말한 사람은 민하였고, 수우가 찬성하면서 자연스럽게 약속이 되었다.

약속을 지키지 못한 이유는 단순했다. 수우와 민하는 졸업식 전날 심하게 다투었다. 그전까지 꽤 긴 시간 다투지 않고 사이좋게 지냈기에, 지나고 나니 더 아쉬웠다. 졸업 기념 우정 사진은 평소 사진 찍기에 인색한 민하도 꽤나 기대했던 일이었다. 남들 보기에 그저 평범한 일상에 지나지 않을 사진 찍기가 민하에겐 연례행사와도 같은 일이었고, 이번 것은 그중에서도 특히 의미가 남달랐다는 것을 수우도 알고 있었다. 당시 민하는 졸업 후 중요한 검사와 수술을 받기 위해 몇 주간 외국에 가 있을 예정이었다. 수술이 잘되면 돌아와서 같이 여행도 마음껏 다니고 사진도 원하는 만큼 찍자고 했다. 수우는 모든 일이 다 잘되기를 진심으로 바랐다. 떠나기 전 졸업식을 공들여 기념하고 싶었던 데에는 그런 희망도 섞여 있었는데, 아쉽게도 씁쓸한 추억으로 남고 말았다.

바로 그 졸업식이 열렸던 홀 2층 객석의 한구석에, 열다섯 살 수우가 소리 없이 들어와 자리를 잡고 앉는다. 막 식을 마친 넓은 홀에는 아직 떠나지 않은 사람들의 온기가 가득하다. 졸업생들과 여러 가족이 한데 모여 서로 축하하고 기쁨을 나눈다. 여기저기서 끊임없이 이어지는 말소리와 복작거림이 실내를 적당한 행복감으로 채운다. 하지만 모두가 그 행복감을 똑같이 나누어 가진 것은 아니다. 사람들을 비스듬히 내려다보고 있는 열다섯 살 수우의 눈에는 그리 행복해 보이지 않는 두 친구의 어색한 기류가 느껴진다.

열세 살의 민하와 수우는 서로를 의식하며 어정쩡한 거리를 유지하고 있다. 덩달아 민하 부모님과 수우 할아버지도 고장 난 인공위성처럼 둘 사이의 애매한 궤도를 의미 없이 떠돈다. 민하와 수우가 애써 태연한 척하며 다른 친구들과 인사를 나누는 동안에도 서먹한 기류는 쉬이 사그라들지 않는다. 마침내 민하 어머니가 수우와 수우 할아버지를 막 발견했다는 듯 환하게 웃으며 다가간다. 수우 할아버지도 반가운 웃음으로 화답한다. 긴장감은 다소 누그러졌지만 민하와 수우는 끝내 눈을 마주치지 못한다.

“오셨어요? 민하야, 수우 할아버지께 인사드려야지. 휴, 예상은 했지만 홀이 엄청 붐비네요.”

멋쩍게 인사를 건네는 민하 어머니의 표정에 민망한 감정이 묻어난다.

“그러게 말입니다. 그나저나 녀석들이 올해 우정 사진은 여기서 찍기로 했다지요.”

수우 할아버지의 대답을 이어받아 이번엔 민하 아버지가 넉살을 부려 본다.

“정말 잘한 결정이죠. 이런 날 기념사진 한 장 안 남기면 나중에 후회한다니까요. 자, 얘들아, 나란히 서 봐. 수우는 카메라 이리 주고. 아저씨가 멋지게 찍어 줄게.”

“안 찍어도 돼.”

굴곡 없는 민하의 목소리에 놀란 민하 아버지가 민하를 본다.

“민하야, 그게 무슨 말이야? 안 찍어도 된다니. 오늘 둘이 여기서 사진 찍기로 했다면서.”

“그럴까 생각만 해 본 거지. 역시 안 찍는 게 좋겠어. 수우야, 미안.”

“아냐, 괜찮아. 사진은 뭐 다음에 찍어도 되니까.”

둘 모두 빨리 이 상황을 마무리 짓고 싶어 하는 기색이 역력하다.

민하가 식장 출구를 향해 먼저 한 걸음을 떼자 잠자코 있던 수우 할아버지가 한 번 더 말을 건넨다.

“민하야. 그래도 졸업식인데 사진 한 장 찍는 게 어떻겠니? 너희가 보통 친한 사이도 아니고, 게다가 오늘은 올해 우정 사진을 남길 수 있는 마지막 날이잖니.”

민하 부모님도 거들고 나선다.

“한 장만 찍고 같이 맛있는 거 먹으러 가자. 응?”

“민하야, 어서. 수우 할아버지가 저렇게까지 말씀하시는데.”

민하는 여전히 출구를 향한 채 우두커니 서 있고, 모두가 그런 민하를 바라보고 있다. 마치 이들의 시간만 세상에서 떨어져 나와 멈춘 듯하다. 그 시간을 다시 돌아가게 할 열쇠는 민하가 쥐고 있다.

열세 살 수우는 이제 이 모든 일들이 지긋지긋하다는 표정이다. 수우는 민하의 뒤통수를 노려보며 나직이 말한다.

“왜 나한테는 안 물어봐요?”

민하를 향해 있던 어른들의 시선이 일제히 수우에게로 옮겨 간다.

“민하가 좋다고 해도 내가 싫을 수도 있잖아요. 왜 항상 민하한테만 선택권이 있어요? 난 언제까지 민하 눈치만 봐야 되는데요?”

어른들은 당황한 듯 두 아이를 번갈아 바라본다. 수우는 아랑

곳하지 않고 말을 잇는다.

"내가 먼저 찍기 싫다고 했어요."

"뭐?"

"어제 민하랑 다툴 때 내가 그랬어요. 우정 사진이고 뭐고 다 필요 없고, 너처럼 이기적인 애랑은 더 이상 친구 하고 싶지 않다고요. 자기가 어떤 배려를 받고 있는지, 어떤 특권을 누리며 사는지, 아무것도 모르고, 관심조차 없고, 고마워할 줄도 모르고, 매번 남 탓만 하는……."

"수우야, 그만!"

수우 할아버지가 다급히 소리쳐 수우를 제지하지만 이미 쏟아져 나온 말들을 주워 담기엔 역부족이다.

객석에서 멀찍이 보이는 민하의 몸이 목각 인형처럼 딱딱하게 굳어 간다. 목각 인형의 다리가 삐걱, 움직이더니 이내 민하의 몸을 건물 밖으로 데리고 나간다. 민하의 부모님도 말없이 눈짓으로 인사를 하고는 그 뒤를 따른다. 민하의 가족이 빠져나간 출구를 망연히 쳐다보는 수우의 시간만 다시금 홀로 멈춘 듯하다.

"미안해."

열다섯 살 수우는 그 말만을 남기고는 조용히, 객석을 빠져나간다.

*

수우는 둥근 시간 여객기에서 내리며 민하가 떠나기 직전 자신에게 남긴 물건을 떠올렸다. 민하는 아홉 살 첫 만남 때 둘이 함께 찍은 사진을 조그만 액자 열쇠고리에 담아 수우 사물함에 넣어 놓았다. 열쇠고리에는 작은 방울이 달려 있어 흔들 때마다 딸랑 소리가 울렸다. 사진 속 수우와 민하는 아홉 살 때 모습 그대로 어깨동무를 하고 환한 표정으로 렌즈를 바라보고 있었다. 우정의 증표이자 작별 선물이었겠지만 수우는 카메라 가방 안쪽에 깊숙이 넣어 두고 1년 내내 한 번도 꺼내 보지 않았다. 보고 싶지 않았다. 보고 싶지 않은 것이 민하의 얼굴인지 사진 속에서 환하게 웃고 있는 수우 자신의 얼굴인지 알 수 없어 혼란스러웠다.

수우는 오랜만에 그 액자 열쇠고리를 꺼내 보았다. 액자가 카메라 가방 속에 있다는 걸 잊어 본 적 없었다. 그 사실이 지금 수우의 마음을 대변하는 것만 같았다. 수우는 궁금했다. 지금 민하의 옆에는 누가 있을까. 수우처럼 열다섯 살의 한때를 보내고 있을 민하는 이제 볼 수 없는 사람이 되었다. 보이지 않으니 영영 사라져 버린 것 같기도 했다. 민하는 그렇게 수우의 우주에서 멀어진 채 어딘가를 떠돌고 있을 터였다. 어쩌면 그곳에서 민하도 내 생각을 하고 있을까. 아니면 내가 없는 우주에서 비로소 행복한 나날을 보내고 있을까. 민하가 떠난 뒤에 민하 생각을 이렇게 많이 하게 될 줄 수우는 미처 몰랐다.

수우는 홀로그램 직원에게 물었다.

"혹시 여행지에 이것도 가지고 갈 수 있나요?"

홀로그램 직원은 수우의 손바닥 위에 놓인 액자 열쇠고리를 쓱 훑어보고는 말했다.

"이 정도 크기의 물건이라면 가능합니다. 그런데 이유를 알 수 있을까요?"

"그냥 가져가고 싶어서요. 별다른 이유는 없어요."

"여행지에서 입을 겉옷 안주머니에 넣어 드리죠. 그나저나 이번 여행지는 딱 작년 이맘때군요."

"네. 민하가 떠나기 전에 마지막으로 확인할 게 있어요."

"그렇군요. 하지만 가까운 과거로 여행을 갈 때는 각별히 주의하셔야 합니다. 현재 고객님은 겉모습만으로는 1년 전과 크게 다르지 않거든요. 때문에 당사자뿐만 아니라 주변 사람들까지도 고객님의 움직임에 더욱 민감해질 수 있습니다. 자칫하면 도플갱어로 오해받으실 수도 있고요."

수우는 픽 웃었다. 도플갱어라니.

"조심할게요."

"그럼 지정된 시간 여객기에 탑승하여 주시기 바랍니다. 출발 전 점검이 완료되면 카운트다운을 시작합니다. 행복한 여행 되시기를 바랍니다."

수우는 늘 똑같은 고정 멘트를 흘려들으며 1인용 시간 여객기 안으로 한쪽 발을 집어넣었다.

"그리고."

그리고?

"행운을 빕니다. 민하 씨와의 기억 말이에요."

그제야 수우는 멈추어 서서 뒤를 돌아보았다. 홀로그램 직원이 미소 띤 얼굴로 수우를 배웅하고 있었다. 수우의 얼굴에도 포근한 웃음이 내려앉았다.

"네. 고마워요."

*

진눈깨비가 점점이 떨어지는 오후, 수우와 민하는 수우네 집 앞 놀이터 그네에 앉아 있다. 나란히 그네를 타다니 너무 뻔한 옛날식 그림 아닌가, 라고 열다섯 살의 수우는 생각한다. 겨우 1년 지났을 뿐인데 아득히 먼 과거의 일로만 느껴진다.

숨을 내쉴 때마다 흰 김이 피어오른다. 두꺼운 패딩 안주머니에 손을 넣어 보니 액자 열쇠고리와 작은 방울이 함께 만져진다. 수우는 그걸 꺼내 꼭 쥐고 1년 전 자신과 민하의 뒷모습을 가만히 응시한다.

열네 살 수우가 먼저 말을 꺼낸다.

"왜 왔어?"

"왜 오긴, 친구 보러 왔지."

"장난하지 말고."

"장난 아니야. 진짜 너 보러 왔어."

"학교에서 매일 보는데 뭐 하러."

"그게 보는 거야? 우리 학교에선 인사도 안 하잖아."

"그래서 하고 싶은 얘기가 뭔데."

"오랜만에 만났는데 너무 쌀쌀맞은 거 아냐?"

"춥다. 할 얘기 있으면 빨리 해."

수우의 말이 겨울 공기보다 더 싸늘하게 다가온다.

"수우야."

"……."

민하의 그네가 조금씩 흔들린다. 둘은 여전히 정면만 바라보고 있다. 앞에는 목재로 만들어 세운 놀이터 울타리가 벽처럼 서 있다.

"난 우리가 평생 친구였으면 좋겠어."

수우의 그네는 움직이지 않는다. 수우의 양발이 나무뿌리처럼 단단히 땅을 딛고 있다. 수우의 입술도 그만큼 단단하게 닫혀 있다.

"우리 처음 만난 날 기억해?"

수우는 대답 대신 고개를 끄덕인다. 어떻게 잊을 수 있을까.

"그날 네가 날 보고 무서워하지 않아서 기뻤어."

"차라리 무서워할걸 그랬나. 이렇게 될 줄 알았으면 말이야."

그 말에 민하가 배시시 웃는다.

"그랬으면 모든 게 달라졌겠지."

"난 너 안 무서워. 그때도 지금도."

"응. 난 그게 고마워. 그때나 지금이나."

민하의 그네에 조금 더 힘이 실린다. 민하의 두 발이 땅에서 살포시 떨어져 흔들린다.

"가끔은 너한테 서운했어. 그것도 많이. 너는 내가 내 모습에 대해 끊임없이 생각하게 만들었으니까."

"알아. 미안해."

"하지만 그 덕에 깨달은 것도 있어. 네가 내 얼굴 이야기를 돌려서 할 때마다 난 생각했어. 나쁜 건 내 얼굴이 아니라 네 말이라고. 그러니 스스로 미워할 필요는 없다고."

"……."

수우가 짧게 침묵하는 사이 민하의 그네가 제자리를 찾아 멈춘다. 민하는 고개를 돌려 수우를 본다.

"우리가 앞으로도 계속 친구로 남을 수 있을까?"

"무슨 뜻이야?"

"수우 너만 괜찮다면 난 계속 친구 하고 싶어."

"난 우리가 완전히 끝났다고 생각했는데."

"난 그렇게 생각한 적 없어. 학교에서 못 본 척 지나칠 때도 마음속으론 늘 하나뿐인 내 친구라고 생각했는걸."

"그건 좀 의외네."

"그럼 넌 진짜로 날 끝까지 안 볼 생각이었어?"

"네가 방금 그랬잖아. 내가 나빴다고. 맞아. 나 나빠. 안 그러고 싶은데, 자꾸만 너한테 못되게 굴어. 아무래도 내 안에 악마가 사나 봐. 네가 좋은 친구라는 걸 아는데, 가끔은 널 보면 화가 나. 내가 너한테 뭔가를 빼앗기고 있다는 억울한 기분도 들어. 말해 봐. 그런데도 넌 나랑 친구 하고 싶다는 거야? 왜?"

"먼저, 난 네가 나쁘다고 한 적 없어. 네 말이 나빴다고 했지."

"그게 그거지."

"그리고 나한테 너는 한 번도 친구가 아니었던 적이 없어. 나쁜 말을 해도 넌 언제나 내 친구였어. 가장 소중한 친구. 처음 만났을 때부터 지금 이 순간까지, 그리고 가능하다면 앞으로도 평생."

내내 앞만 바라보고 있던 수우가 고개를 돌려 민하를 본다. 하지만 둘의 눈맞춤은 오래가지 않는다. 수우는 다시 고개를 떨구고 힘없이 말한다.

"글쎄. 넌 그럴 수 있는지 몰라도 난 잘 모르겠어. 이 상태로 계속 친구로 지내는 게 맞는지."

둘은 짤막한 인사를 나누고 일어선다. 수우는 집으로 들어가고, 민하는 놀이터 입구와 마주 보고 있는 골목으로 들어선다. 그와 동시에 놀이터 한쪽 구석에 놓인 벤치에 앉아 있던 1년 뒤의 수우가 일어나 민하의 뒤를 밟기 시작한다. 놀이터에서 적당히 멀어졌을 때 말을 걸 생각이다. 집에 들어갔다가 막 돌아 나온 척하면서. 민하 입장에서 조금 이상하다는 생각이야 들겠지만 크게 의심을 하지는 않을 것이다.

딸랑.

어디선가 익숙한 방울 소리가 들려왔다.

순간 수우의 시야에 은회색 메시지가 떠올랐다.

'이상 신호 감지.'

이상 신호라고? 수우는 당황스러웠다. 충돌이 일어날 리는 없었다. 1년 전 수우가 집에 들어가는 걸 두 눈으로 똑똑히 확인했다. 그날 수우는 민하와 헤어진 뒤 집에서 한 발짝도 나오지 않았다. 그렇다면 미래 정보 유출의 우려가 있다는 건가. 하지만 어떻게? 아직 민하에게 말도 걸지 않았는데.

고민하는 사이 저만치 앞에서 걷던 민하가 골목을 꺾어 들어갔다. 수우는 발길을 재촉했다. 신경 쓰이는 변수가 생기긴 했지만 그것 때문에 포기할 수는 없었다. 충분히 안전한 곳에서 민하에게 말을 걸면 괜찮을 것 같았다. 평소 인적이 드문 골목이라 지나다니는 사람도 없었다. 수우는 패딩 주머니에 손을 깊숙이 찔러 넣고 민하가 사라진 골목으로 향했다.

딸랑.

그때 다시 한번 방울 소리가 들렸고, 눈앞의 경고 메시지는 더 또렷해졌다. 수우는 이게 단순한 오류가 아니라는 직감이 들었다. 무언가가 있었다. 수우는 그 자리에 멈춰 서서 다가오는 무언가에 온 신경을 곤두세웠다.

지나온 길에 눈이 쌓이고 있었다. 수우는 가만히 두 눈을 감았다. 뒤에서 사부작, 눈 밟는 소리가 들렸다.

"역시 수우였구나. 날 따라오고 있었던 거야?"

민하 목소리였다. 어떻게 알았을까. 더 이상한 건 분명 눈앞에서 사라진 민하가 어느새 수우의 등 뒤에 와 있다는 거였다. 수우는 감았던 눈을 뜨고 뒤를 돌아보았다.

"마스터한테 이상 신호 감지됐다고 메시지 왔지? 나 때문이니까 신경 안 써도 돼. 시간 여행자들끼리 만날 때 일어나는 시간선 중첩 현상인데, 너희 시간대에서는 아직 해결하지 못한 버그로 인식될 거야."

민하의 입에서 나온 말은 당연히 수우의 예상 밖이었지만 정작 수우를 놀라게 한 건 민하의 말보다 얼굴이었다. 눈앞에 있는 사람은 틀림없이 민하였지만, 수우가 알던 얼굴이 아니었다. 수우가 말이 없자 민하가 고개를 끄덕이며 말을 이었다.

"놀랄 줄 알았어."

"어떻게 된 거야?"

"뻔하지. 수술했어."

"그래도 어떻게……."

"어떻게 이렇게 감쪽같아졌냐고?"

"……."

민하는 달라진 얼굴로 수우를 응시했다.

"그래, 당황할 만하지."

민하는 말 사이사이에 일부러 공백을 만들어 두는 것 같았다. 마치 그래야만 말을 이어 갈 수 있다는 듯.

"시간 여행도 가능한 세상이잖아. 나한텐 내 얼굴을 덮고 있던 나무껍질 같은 조직들을 없애는 기술이 시간 여행 기술보다 늦게 개발되었다는 게 훨씬 더 놀라운 일이야. 상식적으로 그 반대 순서가 훨씬 자연스럽지 않아?"

"그럼 너……."

"그래. 너보다 먼 미래에서 왔어. 보니까 내가 두 살 정도 더 먹은 것 같은데."

"난 2047년에서 왔어."

"맞네. 난 2049년."

그러고 보니 민하는 언뜻 보기에도 수우보다 훨씬 성숙해 보였다. 보자마자 눈치채지 못한 게 이상할 만큼. 그제야 수우는 두툼한 갈색 더플코트에 밝은색 청바지, 수수한 운동화 차림의 민하를 찬찬히 뜯어보았다. 조금 무안해진 수우는 민하의 손에 들린 물건으로 시선을 옮겼다. 짐작한 대로 액자 열쇠고리였다.

"아, 이거."

수우의 표정을 유심히 살펴보던 민하가 제 손 안의 방울을 흔들어 보였다. 다시 방울 소리가 딸랑, 하고 적막한 골목에 울렸다.

"혹시 가지고 있어?"

수우는 대답 대신 패딩 안주머니에서 자기 것을 꺼내 보였다. 그러자 미래에서 온 민하가 처음으로 미소를 지어 보였다.

"시간 여행 중에도 가지고 다닐 줄은 몰랐네."

"처음이야."

"나도 항상 품고 다니는 건 아니야. 그래서 우연이란 게 더 의미가 있는 거지."

원래도 수수께끼처럼 아리송한 말을 곧잘 하던 민하였다. 수우는 겨우 두 살 더 많은 민하가 어른처럼 느껴졌다. 민하가 물었다.

"그런데 오늘은 왜 가지고 왔어?"

"물어보고 싶은 게 있었어."

"뭔데?"

"민하 너, 나랑 평생 친구 하고 싶다며."

"응."

"왜 그렇게 말했어? 바로 다음 날 떠날 거였으면서."

수우는 액자 열쇠고리를 든 손바닥을 펴 보이며 계속 말을 이어 갔다. 그 말이 날카롭게 들리지 않도록 최대한 노력하면서.

"미리 이렇게 작별 선물까지 준비해 놓고서 그 말을 한 이유가 대체 뭐야? 너 가고 나서 내가 얼마나 답답하고 힘들었는지 알아?"

민하는 말없이 수우를 바라보았다. 수우의 눈에서 한 줄기 눈물이 흘러내리며 뺨에 물기 어린 자국을 남겼다.

"그날도 너는 나한테 기회를 주려고 했는데 나는 끝까지 속좁게 굴었잖아. 계속 생각했어. 그날 내가 그러지 않았다면 지금 넌 내 친구로 남아 있었을까. 아무리 그래도 그렇지. 평생 친구하자더니 마지막에 말도 없이 사라지는 게 어디 있어."

수우의 턱에 매달려 있던 눈물이 금세 방울져 떨어졌다. 발밑에 소복하게 쌓여 있던 눈이 눈물 한 방울만큼 녹아내렸다.

돌이켜 볼수록 수우의 인생은 민하와의 추억을 빼놓고는 설명이 되지 않았다. 힘들 때가 많았지만 그만큼 좋을 때도 많았다. 수우가 기억하는 삶의 중요한 장면엔 언제나 민하가 곁에 있었는데, 정작 수우는 그걸 당연하게만 여겼다. 마음에 들지 않는 부분이 있다고 해서 자기 인생을 쉽게 내던질 수 없듯, 민하와의 관계 또한 그런 것이어서 무슨 일이 있어도 우정이 지속되리라 생각했던 것이다. 그런데 아니었다. 민하의 흔적을 좇아 과거를 뒤적이는 동안 수우가 분명히 알게 된 사실은, 자신이 민하와의 관계를 내내 오해하고 있었다는 것이다. 민하가 수우의 곁에 머문 시간은 그렇게 당연한 게 아니었다.

어느새 하늘은 조금 어둑해졌고, 사방은 눈으로 뒤덮여 소리 없이 반짝였다. 둘은 좁은 골목에 흐르는 침묵의 일부가 되어, 잠깐 그렇게 서 있었다.

민하가 말했다.

"나 어때 보여?"

그 말에 수우가 눈물 섞인 눈으로 민하를 보았다.

"뭐가?"

"그냥. 네가 달라진 내 얼굴을 보면 뭐라고 할까, 항상 궁금했거든. 아까 놀라는 표정으로 어느 정도는 대답이 된 것 같지만."

"잘 모르겠어. 솔직히 좀 당황스러웠어."

"그래 보이더라."

민하는 헛기침을 몇 번 하면서 목을 가다듬었다.

"수우야. 나 많이 힘들었다."

힘들다고 말하는 민하의 표정과 말투가 너무나도 평온해서 수우는 언뜻 그 말의 의미가 실감 나지 않았다.

"네 앞에서 괜찮은 척했지만 속으론 끊임없이 부끄러워했어. 사람들이 나를 쳐다보는 게 싫었고 숨고만 싶었지. 그럴수록 더 태연한 척했고 그런 내가 점점 더 미워졌어. 그 상태로 계속 있다간 도저히 견딜 수 없을 것 같아서 부모님을 설득해서 아무도 모르는 곳으로 떠났지. 몇 년 후에는 그토록 바라던 수술도 받았어. 그런데 말이야. 이상해. 수술받고 나면 모든 게 괜찮아질 줄 알았는데…… 난 지금 내가 괜찮은 건지 잘 모르겠어."

수우는 어떤 말도 할 수 없었다.

"수우야. 난 너한테 기회 같은 거 준 적 없어. 난 그냥 너랑 잘 지내고 싶었어. 그게 다야. 우린 친구잖아."

이번엔 민하가 제 손바닥 안의 액자 열쇠고리를 들어 보였다. 나무껍질처럼 군데군데 갈라진 얼굴의 민하가 사진 밖 수우를 향해 활짝 웃고 있었다.

"단지 그때는 우리 둘 다 좀 벅찼던 것 같아."

"계속 상담받고 있었다며. 왜 말 안 했어."

"그건 내 짐이었으니까. 오롯이 내가 감당하고 싶었어. 너도 그랬던 것처럼. 말없이 떠난 것도 부담 주기 싫어서였어. 그러니까 그날 네가 어떻게 했어도 나는 떠났을 거야. 널 찾아간 것도 내 마음을 전하고 싶었을 뿐 다른 이유가 있었던 건 아니야. 돌이켜 보면 이기적이지만, 그땐 나도 많이 힘들었으니까."

수우의 귀에서 알림음이 울렸다. 시간 여행 종료가 임박해 오고 있었다. 사위에 어둠이 내려앉았고, 골목 가장자리에 선 가로등에 하나둘 불이 켜지기 시작했다. 용기를 낼 때였다.

"민하야. 그땐 미안했어."

"응."

"그동안 고민만 해 오던 많은 것들이 선명해졌어. 이렇게라도 진실을 알 수 있어서 정말 다행이야."

"진실?"

"기억은 자꾸 바뀌고 희미해지니까. 진실을 찾기 위해서는 있는 그대로의 과거를 알아야 하잖아. 내가 시간 여행을 하는 것도 진실을 알기 위해서야."

"수우야. 난 기억이야말로 진실에 가장 가까운 것 같아."

수우는 어리둥절한 표정으로 민하의 입술을 바라보았다. 민하가 이어서 말했다.

"지금 우리도 서로에 대한 기억에 기대어 대화하고 있잖아. 만약 네가 여기서 어떤 진실을 발견했다면, 우리의 기억이 바로 그 진실 아닐까."

"사람마다 다르게 간직하는 기억이 어떻게 진실일 수가 있어?"

"글쎄. 난 진실이 하나가 아닐 수도 있다고 생각해. 그럼 서로 다른 진실을 가지고도 살아갈 수 있지 않을까?"

"하지만 과거에 묻혀 있는 하나의 진실을 찾으려는 게 아니라면 너는 왜 시간 여행을 하는데?"

"그냥, 보고 싶어서. 예전에 우리가 어떤 모습이었는지."

"……."

처음에 수우는 시간 여행을 하게 되면 무언가 해답을 얻을 수 있을 거라고 기대했다. 하지만 막상 여행지에 와 보니 혼란스러울 뿐이었다. 정리되지 않는 생각들이 꼬리에 꼬리를 물고 머릿속을 헤집어 놓고는 금세 의식의 저편으로 날아가 버려 붙잡을 수도 없었다. 그건 여행이 끝나 가는 지금도 마찬가지였다. 수우는 민하의 다음 말을 기다렸다.

"수술 마치고 멍하니 거울을 보는데 그런 생각이 들더라. '예전의 우리를 추억할 만한 게 거의 없구나.' 우리 같이 찍은 사진도 몇 장 없잖아. 그래서 시간 여행을 알아보게 됐지."

민하의 말이 끝나자 수우의 귀에서 다시 한번 알림음이 울렸다. 동시에 눈앞에 은회색 메시지가 떠올랐다. '잠시 후 시간 여행이 종료됩니다.'

"이제 곧 돌아가야 할 시간이야."

"응. 나도 가야 해."

"언제쯤 다시 올 수 있을지 모르겠어."

"나도 그래."

"너 지금 어디에 있어? 내가 갈게."

민하가 고개를 저었다.

"알려 줄 수 없어."

"왜?"

"우리 쪽에선 시간선 중첩 문제가 해결되지 않은 과거에 지나치게 개입하는 것도 금지되어 있어. 내가 있는 위치를 말하려고 하는 순간 여행이 종료될 거야. 만약 위치를 알려 줄 수 있다고 해도 거기서 네가 만나게 될 사람은 2년 전의 나야. 그때의 나라면 아마 많이 당황하지 않을까?"

"음. 그러면 네가 올래? 난 2년 뒤에도 이 동네에 그대로 있을 테니까 아마 볼 수 있을 거야."

"미안. 그것도 어려워. 내가 사는 곳에서 할 일이 있거든. 과거의 나와 비슷한 고민을 가진 아이들을 돕는 일이야."

"잘 지내는 것 같아 안심은 되는데, 그럼 우린 어떻게 만나?"

그 말에 민하가 열쇠고리 방울을 살짝 흔들어 소리를 냈다.

"가끔 이렇게 여행지에서 우연히 만나거나, 아니면 못 만나겠지."

"뭐야. 평생 친구 하자더니 못 만날 수도 있다는 얘기를 아무렇지도 않게 하네."

"수우야. 평생 친구 하자는 말, 과거에도 진심이었고 지금도 진심이야. 우리가 떨어져 있다고 해서 친구가 아니라곤 생각 안 해."

왠지 이제는 민하의 말을 이해할 수 있을 것도 같았다. 수우는 마음속에 남아 있던 마지막 말을 꺼냈다.

"우리가 함께 있든 떨어져 있든 평생 친구라는 말, 믿을게. 그리고 내가 이런 말 할 자격이 있을지 모르겠지만 나 예전에도 네 얼굴 좋아했어. 그리고 지금도 충분히 좋아 보여."

그 말에 민하가 싱긋 웃었다.

"민하야, 우리 서로 어디에 있든, 어떤 모습이든 평생 친구 하기로 다시 약속하자."

"그래. 나도 그 말을 하고 싶었어."

민하의 대답을 끝으로 수우의 시간 여행이 종료되었다. 돌아오기 전 방울 소리가 작게 울렸고, 수우는 더 이상 그게 누구 방울에서 난 소리인지 알지 못했다.

*

또 한 계절이 지나 열여섯 살이 된 수우는 다시 첫 여행지에 방문했다. 그곳의 수우는 여전히 아홉 살이었다. 할아버지 손을 잡고 횡단보도에서 깡충거리던 어린 수우는 그때 민하를 만나러 가는 중이었다. 이제 시간 여행 규칙에 완전히 적응한 수우는 별다른 어려움 없이 자신의 과거를 좇아 민하가 있는 장소로 향했다.

민하는 대학병원 부지 안에 조성된 공원의 커다란 느티나무 아래 벤치에서 수우를 기다리고 있었다. 양옆에는 민하의 부모님도 함께 앉아 있었다. 동갑내기 친구가 생길 거라는 기대감에 민하의 얼굴은 한껏 상기되어 있었다. 나중에야 알게 된 사실이지만 할아버지는 민하의 주치의이면서, 오랜 병원 생활에 지쳐 있던 민하가 가족 외에 처음으로 마음을 연 사람이기도 했다. 그런 할아버지가 민하와 아주 잘 어울릴 만한 친구를 소개해 주고 싶다고 했을 때 민하도, 민하의 부모님도 뛸 듯이 기뻐한 건 당연한 일이었다.

저만치서 다가오는 수우 할아버지를 민하 어머니가 먼저 알아보고 반갑게 손을 흔들었다. 민하의 시선은 자연히 그 옆에서 손을 잡고 걸어오는 수우에게 향했다. 수우는 뭐가 그렇게 신났는지 연신 싱글벙글 웃고 있었다. 수우의 걸음마다 경쾌한 리듬이 실려 있었다.

"안녕."

수우가 먼저 인사를 건넸지만 민하는 양손을 꼼지락거리기만 할 뿐이었다. 민하 아버지가 민하의 머리를 쓰다듬으며 말했다.

"민하야, 수우한테 인사해야지. 앞으로 가깝게 지낼 친구란다. 학교도 같이 다닐 거야."

민하는 여전히 말이 없었지만 수우는 아랑곳하지 않고 민하 옆에 착 달라붙어서 얼굴을 들이밀었다. 민하는 화들짝 놀라 몸을 뒤로 빼면서도 싫지 않은 기색이었다. 민하는 줄곧 곁눈질로 수우를 살펴보았다. 범상치 않은 친화력을 가진 듯한 수우가 말했다.

"우리 같이 사진 찍을래? 나한테 카메라 좋은 거 있어."

그 말에 민하 부모님과 수우 할아버지가 거의 동시에 움찔했지만 수우는 눈치채지 못했다. 수우는 어깨에 멘 가방에서 오래된 수동 카메라를 꺼냈다.

"사진은 찍기 싫은데."

"왜?"

민하가 수우를 빤히 보았다. 정말 몰라서 묻느냐는 듯한 눈이었다. 수우는 이번에도 눈치채지 못했다. 수우 할아버지가 분위기를 살피며 조용히 타일렀다.

"수우야. 만나자마자 사진을 찍기는 아무래도 좀 어색하지. 사진은 다음에 찍으렴."

하지만 수우는 할아버지의 말이 안 들리는 것처럼 민하의 표정만 뚫어지게 보고 있었다.

"이거 우리 할아버지가 쓰던 건데 오늘부터 내 거야. 선물받았거든. 이걸로 찍으면 사진 엄청 잘 나와. 우리 앞으로 계속 이걸로 사진 찍자. 우리 둘만의 우정 사진! 어때?"

민하는 가만가만 고개를 끄덕였다. 얼굴에 잔뜩 서려 있던 긴장이 얼마간 풀어졌다. 민하가 작지만 또렷한 목소리로 말했다.

"그래. 그럼 우리 1년에 딱 한 번만 찍자. 둘이서만."

"좋아!"

수우가 활짝 웃으며 민하의 어깨에 한쪽 팔을 둘렀다. 민하는 가족 이외의 누군가가 제 몸에 손대는 상황을 어색해하는 것 같았지만 용케 잠자코 있었다. 수우의 할아버지가 카메라를 받아 렌즈의 초점을 맞추는 동안 수우는 민하에게만 들리도록 작게 속삭였다.

"있잖아. 우린 평생 친구가 될 것 같아."

"너 아직 내 이름도 모르잖아."

"모르긴 왜 몰라. 민하라며. 아까 들었어. 내 이름은 수우야."

수우는 그렇게 말하면서 민하의 한 팔을 들어 올려 제 어깨에 둘렀다. 이제 둘은 어깨동무를 하고 있었다. 민하의 입가에 작게 웃음기가 피어올랐다. 마주 보고 있던 둘은 카메라를 향해 천천히 고개를 돌렸다. 민하와 수우는 봄바람 같은 웃음을 머금고 렌즈를 바라보았다.

"자, 찍는다. 하나, 둘, 셋!"

찰칵.

두 친구의 첫 만남을 멀찍이서 지켜본 수우는 마음속으로 다짐했다. 지금 이 순간의 기억을 영원히 변치 않는 진실로 간직하기로.

옮긴이의 말

모두가 '나 자신'으로

아름다울 수 있는

'문학동네청소년 ex' 소설은 우리 사회가 규정한 '표준'과 '정상성'을 질문하기 위해 만들어졌습니다. 표준과 정상은 '보편' 혹은 '마땅함'이라는 이름으로 우리의 일상을 구축합니다. 그러니까 표준과 정상은 우리 사회, 즉 시스템이 운영되는 방식이자 그 시스템 안에서 살아가는 우리 자신이기도 합니다. 시스템 안에서 태어나 배우고 자란 우리는 시스템의 눈, 즉 표준과 정상의 눈으로 자신과 세상을 바라봅니다. '모난 돌이 정 맞는다'는 오랜 속담이 '나서지 말아라' ('나대지 마'라고도 표현하죠. ^^) 혹은 '시키는 대로 해라'로 여전히 통용되는 이유도 우리가 표준과 정상을 내면화하고 있다는 증거입니다.

아이보다는 어른이 표준이고 학생보다는 선생님이 표준입니다. 장애인보다는 비장애인이 표준이고 여성보다는 남성이 표준에 가깝습니다. 그래서 표준과 정상이라는 울타리 바깥에 있다는 건 뭔가 부족하다는 뜻으로 여겨집니다. 부족하고 아직 도달하지 못했기(未達) 때문에 '그들'에게는 힘과 권위, 목소리가 주어지지 않습니다. '우리'가 생각해 봐야 할 것은 그들이 부족해서 힘과 목소리가 주어지지 않는 것인지, 아니면 힘과 목소리가 주어지지 않아서 계속 미달의 영역에 남아 있도록 강제되는지의 여부입니다. 아이는 자라서 어른이 되지만, 장애인과 여성은 어떻게 해야 하는 걸까요? '장애라는 시련'을 극복하고 비장애인을 뛰어넘는 소위 '위대한' 장애인이 되면 문제가 해결될까요? 여성 역시 남성보다 '뛰어난' 능력을 갖추면 되는 걸까요? 그리고 아이가 자라서 어른이 되면, 정말 문제가 해결될까요?

ex 소설은 우리 시스템과 어느새 시스템 자체가 되어 버린 우리의 근저에 있는 보편과 정상의 견고함을 의심하고 뒤흔들고자 합니다. 과연 무엇이 정상이고 무엇이 비정상인가. 표준과 보편이라는 개념은 늘 옳은가. ex 소설은 이 화두를 위해 장르문학과 손을 잡았습니다. 장르문학은 오랫동안 이른바 '순수문학'과 비교되며 문학성을 두고 논란을 빚었지만, 지금 장르문학의 문학성을 의심하는 사람은 많지 않습니다. 문학성이라는 가치를 담아내는 방식과 내용이 시대에 따라 변했기 때문입니다. 어쩌면 장르문학의 유동성과 위상 변화는 그 자체로 ex 소설이 품은 질문에 대한 응답인지도 모릅니다. 보지 못한, 그래서 알지 못하는 세계와 타자의 가능성을 펼쳐 보이는 것(SF), 당연히 잘 알고 있다고 여긴 대상의 낯선 이면을 들여다보는 것(호러), 여성의 욕망을 긍정하는 것(로맨스), 그리하여 변방과 중앙의 격차와 경계를 무화하는 것이 장르문학이 해 온 일이니까요.

ex 소설은 청소년 당사자성을 구체화하고자 합니다. 청소년은 주류와 중심에서 배제된 대표적인 주체입니다. 아직 어른이 되지 못했다는 이유만으로 그들의 목소리와 욕망은 당연하게 억압되고 유예됩니다. 여기에 여성 청소년이라면 한 걸음 더, LGBT 청소년이라면 또 한 걸음 더, 이주민 청소년이라면 한 걸음 더, 장애를 가진 청소년이라면 또 한 걸음 더 뒤로 물러나게 됩니다. 우리 사회가 규정한 보편과 정상의 범주에 맞춤하지 않기 때문입니다. 하지만 청소년은 그 존재 자체로 보편과 마땅함이라는 규율에 지속적으로 문제 제기를 해 왔습니다. ex 소설은 이들의 주체성과 개인성을 묵과하지 않으려 합니다. 청소년이 어떤 상징이나 전형으로 환원되지 않는 이야기, 자신과 타자의 개별성과 독자성을 확인하는 이야기를 담고자 합니다.

ex 소설은 SF로 문을 열었습니다. SF는 현재 한국 장르문학의 맨 앞에 서 있습니다. 한때 '변방의 장르'라 불렸던 게 무색할 만큼 SF의 약진은 가시적입니다. SF가 이렇게 성장한 데에는 다양한 이유가 있겠지만 무엇보다 SF가 보여 주는 세계, SF가 그리는 세계가 '지금 이곳'의 당연함을 가장 낯설고 새롭게 보여 주기 때문입니다. 생각해 보세요. SF에 자주 등장하는 외계 생명체는 타자성의 현현, 그 자체입니다. 내 이웃에 외계 생명체가 사는 세상이라면, 그 무엇인들 가능하지 않을까요? 지금 우리가 표준이나 정상이 아니라고 생각하고 이리저리 금을 긋느라 바쁜 대상들도 그 세상에서는 다양한 주체 중 하나일 터입니다.

최영희의 「지퍼 내려갔어」는 '인간(정상)들 틈에 섞여 있는 비인간(비정상) 색출하기'라는 임무를 수행하는 여고생 채이의 이야기입니다. 최영희 특유의 유머를 따라 웃다 보면 우리 안에 깊숙이 뿌리내린 '순혈주의'의 다양한 얼굴을 만날 수 있습니다. 박애진의 「알 카이 로한」은 스스로를 알 카이 로한의 행성인이라 믿는 여중생 정윤의 이야기입니다. 강력하게 외계인이 되고 싶어 하는 소녀와 누구보다 지구인다워야 하는 외계인의 이야기는 정상과 비정상, 표준과 보편이라는 잣대가 얼마나 자의적이고 허약한지 잘 보여 줍니다. 듀나의 「자코메티」는 '언캐니 밸리(uncanny valley)' 그 자체입니다. 외계인과 로봇, 기계 인간과 인간이 뒤섞인 안양에서 벌어지는 이야기는 독자의 예상을 번번이 배반하며 기이하고 낯선 곳으로 우리를 안내합니다. 달리의 「기억의 기적」은 타자가 영원한 미지의 영역이라는 사실을 재확인해 주는 이야기입니다. 그렇지요. 당사자가 아니고서는 아무도 그를 알지 못합니다. 우리가 안다고 착각하고 있을 뿐이지요.

네 편의 이야기는 모두 다르지만 한 가지 공통점이 있습니다. 그것은 '이 세상에 당연한 것은 없다'는 사실을 말한다는 점입니다. '어린 시절부터 알고 지낸 익숙한 강현이의 얼굴 뒤에 나타난 진짜 얼굴'처럼(「지퍼 내려갔어」), '인싸'이자 정상성의 화신으로 여겨진 모범생 찬미의 숨겨진 진실처럼(「자코메티」) 어쩌면 우리가 알고 있는,

그리고 단 하나의 진실이라고 믿고 있는 것들은 사실 다른 얼굴을 가지고 있을지도 모릅니다. 아니, 십중팔구 그럴 가능성이 아주 높죠. 그렇기에 우리는 타자 앞에서, 그리고 나 자신에게도 늘 신중하고 겸허해야 합니다. 내가 지금 알고 있는 나는 5년 뒤, 혹은 10년 뒤 어떤 내가 되어 있을지 알지 못하니까요. 타인에 대해서는 더 말할 나위 없습니다. 모르니까 질문해야 하고, 무지에서 나온 질문은 모름지기 조심스럽고 신중해야 하는 법입니다. 당연하고 마땅한 게 있다면 그 태도뿐이지 않을까요.

청소년문학이 문학의 하위 장르로 확고하게 자리를 잡은 지금도 여전히 우리는 청소년문학의 정의를 궁구합니다. 저는 그 모호함, 한두 마디로 정의할 수 없는 다채로움이 청소년문학의 힘과 정체성이라고 생각합니다. 청소년문학의 주인인 청소년의 경계성, 아직 정확하고 확실한 그 무엇이 아니기에 수많은 다양성이 무한하게 피어날 수 있는 가능성. 그것이 청소년과 청소년문학의 힘이 아닐까요. 한두 가지의 정답이 아니라 수천수만 가지의 가능성을 향해 열려 있는 이야기. 다름을 함부로 재단하지 않고, 수많은 다름이 그 자체로 아름답고 가치 있음을 보여 주는 이야기. 너와 나의 다름을 어느 하나로 통일하기보다 네가 나와 다르기 때문에 아름다울 수 있는 이야기. 모두가 '나 자신'으로 아름다울 수 있는 세상을 보여 주는 이야기. 이런 이야기들로 ex 소설을 채워 나갈 것입니다.

저는 소수자를 둘러싼 수많은 편견과 억압이 무화될 내일을 믿습니다. 표준과 정상이 차별과 배제 대신 다양성으로 대체될 내일을 믿습니다. 우리 청소년문학은 그 길을 가장 재미있고 신나게 독자들과 함께 걸어갈 것입니다. 아마 오늘이 혼란하고 고통 속에 있다면 그것은 우리가 견고하다고 믿고 있는 모든 게 "녹아내리기 일보 직전"이기 때문일 터입니다.

2024년 6월

엮은이 송수연

녹아내리기 일보 직전

초판 인쇄 2024년 6월 24일 **초판 발행** 2024년 6월 29일

글쓴이 달리 듀나 박애진 최영희 **엮은이** 송수연 **책임편집** 김지수 **편집** 강지영 엄희정 원선화 이복희 **디자인** 신수경

마케팅 정민호 서지화 한민아 이민경 안남영 왕지경 정경주 김수인 김혜원 김하연 김예진

브랜딩 함유지 함근아 고보미 박민재 김희숙 박다솔 조다현 정승민 배진성

저작권 박지영 형소진 최은진 서연주 오서영 **제작** 강신은 김동욱 이순호 **제작처** 영신사

펴낸곳 (주)문학동네 **펴낸이** 김소영 **출판등록** 1993년 10월 22일 제2003-000045호

주소 10881 경기도 파주시 회동길 210 **전자우편** kids@munhak.com

홈페이지 www.munhak.com **카페** cafe.naver.com/mhdn

북클럽 bookclubmunhak.com **트위터** @kidsmunhak **인스타그램** @kidsmunhak

대표전화 (031)955-8888 **팩스** (031)955-8855

문의전화 (031)955-3576(마케팅) (02)3144-3246(편집)

ISBN 979-11-416-0658-9 03810